Quimera

Bipolar

De

Ana E. Venegas

Ana Eugenia Venegas Moreno es una ciudadana del mundo que presume de sus orígenes gaditanos. Nació en un paraje excepcional, en Ubrique, la intersección del Parque Natural de la Sierra de Grazalema y el de los Alcornocales. Ha pasado media vida viviendo en todos los extremos de nuestra querida España, disfrutando las distintas tradiciones y desde hace diecisiete años está afincada en Marbella por elección propia.

Es Filóloga, Educadora Social y sus escritos están irremediablemente llenos de sus vivencias sociales y culturales. Su libro de investigación con pinceladas narrativas titulado "BDSM, Prácticas Sexuales y Parafilias Al Albor de las Sombras de Grey" causó una verdadera conmoción por su análisis de las consecuencias de prácticas sexuales y comportamientos violentos y humillantes. La primera vez que publicó, lo hizo con un guión para teatro en el periódico del Instituto Nuestra Señora de los Remedios y posteriormente ha participado en varias antologías de relatos y microrrelatos así como en otras publicaciones periódicas como la Revista CURSAM. Colabora con Onda Cero Marbella. Es una lectora empedernida, crítica literaria, conferenciante y notario de la actualidad. Su avidez cultural queda expuesta en sus más de mil cien artículos publicados en su blog sobre artistas, exposiciones, libros, conciertos, relacionando la cultura con la educación social y que ha sido visitado alrededor de 300.000 veces. En la actualidad está trabajando en un libro de poesía y una novela ambientada en la Europa más subterránea.

http://anaevenegaseducadorasocial.blogspot.com.es/
anaevenegas@gmail.com

Colaboraciones:

La portada es obra del artista del Collage **Juan "Lobo" López**

La contraportada es una fotografía del polifacético **José A.Correa Coello**

El primer prólogo es de **Casiano López Pacheco**, reputado y premiado pintor, licenciado en Bellas Artes, docente, sagaz poeta, autor de "Los Días Deshabitados", fotógrafo artístico y hombre comprometido con la cultura y la actualidad con numerosas participaciones en periódicos y revista.

El segundo es del propio editor **D. Andrés García Baena**, eterno profesor, erudito literario y cinéfilo, investigador de la historia popular malagueña, con varias publicaciones a sus espaldas incluidas las que propicia de autores de proximidad.

Copyrights de Ana E.Venegas
I.S.B.N.:978-84-943406-6-6
Depósito Legal: MA 912-2015
Segunda Edición

Prólogo a LAS AVENTURAS DE ULISES
de
CASIANO LÓPEZ PACHECO

Confieso que no pensé ni por un asomo que me iba a divertir tanto leyendo las aventuras de Ulises y su amada esposa Penélope en esta colección de relatos **"Quimera Bipolar "**que mi paisana y amiga **Ana Eugenia Venegas**, ha hilvanado con tanta finura y donaire, ambientados principalmente en la hermosa y acogedora ciudad de Marbella, de la que guardo tan gratos recuerdos.

Debo agradecerle también el detalle de que me haya escogido entre su numeroso plantel de amigos, de seguro, más preparados que yo para lances de tamaña envergadura, y cederme el honor de prologarle este libro que tan buen sabor de boca y no pocas sonrisas me ha arrancado al terminar sus páginas, he de confesarlo de nuevo, aparte de halagar mi ego de artista, que siempre es de agradecer en una época tan desabrida como la de ahora.

Unas aventuras increíbles y un periplo, como el de Ulises –el mítico héroe griego que tras interminables peripecias y aventuras – regresa a su Ítaca añorada para reencontrarse con su fiel Penélope. En realidad, el arquetipo de la astucia no tiene nada que envidiarle al personaje de ficción creado por Ana, en lo que a aventuras se refiere, añadiéndole un gracejo andaluz que lo hace inimitable, sureño y mediterráneo.

Por lo demás, el hecho de que el Ulises marbellí sea invidente y que esta limitación no le suponga ningún obstáculo a la hora de desenvolverse cuando su ayuda es requerida y la forma en que soluciona los casos, con presteza y diligencia, es una clara y rotunda toma de postura frente a la todavía cierta indiferencia con que gran parte de la sociedad actual trata el mundo de la discapacidad, que no de la incapacidad.

Podría afirmarse sin equivocarnos, que su certera intuición, su excelente preparación y su alta autoestima suplen cualquier posible merma que el intrépido detective a tiempo parcial y su no menos inteligente, sagaz y organizada esposa puedan sufrir, ambos o su círculo de amistades, en el devenir de su nada cotidiana vida, a la que nunca le falta un misterio o un enigma que resolver.

Recurre para ese propósito, la ingeniosa Ana Eugenia, a una prosa enjundiosa y rebosante de palabras que actúan como una buena salsa condimentando un texto que a ratos puede parecer barroco por el uso de detalles profusos y datos relevantes al contexto de cada relato, pero que una vez sumergidos en el placer de la lectura, discurre rápido y fluido, en beneficio de las diferentes tramas que se imbrican unas con otras dando forma a esta soberbia y amena "Quimera Bipolar".

Un título que desde las primeras líneas subyuga a los lectores curiosos y que no decepciona –ni por las historias, bien escogidas, ni por las finas dosis de humor, un punto gadita y andaluz –que la autora pone en la piel de sus criaturas, sin menoscabar un ápice la gravedad de los temas que trata y que están de plena actualidad.

No me queda nada entonces que añadir a mis palabras , salvo felicitarla por esta obra divertida y profunda a la par, deseando, en este mundo infame, injusto e insolidario, aparte de bello hasta la convulsión, muchos Ulises y Penélopes de la talla de los creados por Ana. Aunque solo sea para compensar. Y por supuesto, un fiel Argos siempre dispuesto a la aventura.
Gracias por su tiempo.

Prólogo a **La Otra Obra** de
Andrés García Baena

Leónidas no marginó a Efialtes. Efialtes no podía mantener la falange. Y Efialtes enfermó, se hizo enfermedad. La parálisis del sueño lo inmovilizó, lo magnetizó y lo hizo inmortal.

De la misma manera, Quimera Bipolar, me ha provocado esta perlesía, pero Ana es un Prozac instantáneo, es un Escitaloprán ancestral, es un BIG BANG en ebullición, la mónada griega, un átomo cuántico.

Esta obra arrebata mi movilidad, sus componentes mitológicos me transportan hacia una alucinación hipnogógica.

Según leyendas medievales el súcubo es un demonio, un ser que se transfigura tomando la forma de una atractiva, sensual y lasciva hembra, seres legendarios que rehúyen los conflictos. Atraen especialmente a los monjes, a los adolescentes, a los virtuosos castos y a los sabios, penetrando en sus sueños. Pero las féminas tienen sus íncubos, ángeles caídos, bellos efebos adolescentes, que gustan de maduras y religiosas mujeres, a las que atormentan y seducen, a las que preñan de noche mientras duermen, engendrando mágicos y poderosos humanos como Merlín, hijo de un íncubo y una monja.
Los íncubos y los súcubos producen esa inmovilidad que paraliza los músculos voluntarios, la que sentimos algunas noches al despertarnos, a la que sobrevivimos al no afectar a los músculos involuntarios, mientras nos sentimos inmóviles, casi inertes.

Así se engendró esta obra, mitad humana, mitad divina. Como un sueño, como una pesadilla, como un halo divino que te ayuda a despertar de la inmovilidad. Como una parálisis del sueño: las efialtes.

Prefacio

"Quimera Bipolar", ¡menudo título!, hay gente que se cree el huevo duro del picnic, seguro que llegué a él mientras estaba en mi fase Dr. Yekill: pedante, sofisticada, rebuscada, complicada, obsesiva, perfeccionista, severa. Estaría en uno de esos momentos en que me tomo en serio, me analizo , me exijo y el caso es que esos son momentos de serenidad, es raro, hay que ver lo que aprende una de sí cuando deja abierta la manguera de los pensamientos.

Una quimera, aparte de una utopía que es la acepción más usual, es un ser formado por partes diferentes de animales, cabeza de reptil, cuerpo de león, mitologiadas de ese tipo. Así soy yo, con dos o más seres dentro de mí, unas veces prevalece uno, otras veces el otro y la mayoría tengo una lucha que con la edad voy controlando, haciendo que la balanza se incline según mis necesidades creativas, en otras ocasiones el Señor Hyde se apodera de mí de tal indomable forma que acabo agotada de mí misma.

Parte de Yo:

Con sobrepeso, demasiado arco en los pies, el sesamoideo roto, decenas de esguinces de tobillo, el último del calibre veintitrés, las rodillas desplazadas hacia dentro, tendinitis rotulianas desde que me acuerdo, meniscos internos-externos deteriorados, rotos, operados, artrosis rotuliana, tres miomas con consecuencias hemorrágicas a lo bruto, espondilolistesis L5 S1 que provocan dolores, debilidad lumbar y entumecimiento de las extremidades, la tensión alta, contracturas dorsales y cervicales, hernia discal en la C2 inoperable que no es moco de pavo, protuberancias en todas las demás vértebras del cuello que hacen que tenga que estar como una jirafa, con el cuello conscientemente erguido porque rozan los discos, miope y astigmática magna, luchando desde los seis años que me pusieron mis primeras gafas, bueno, luchando desde antes que siempre me estaba cayendo porque no veía un pimiento, desprendimientos de retina progresivos en ambos ojos, con cerclaje en el ojo izquierdo, pérdida de visión correspondiente, vítreo muy heterogéneo de forma que lo que otra gente llama "ver moscas" para mí son telones de araña que suben y bajan, ciclotímica con ansiedad crónica, sufriendo calambres en las extremidades tan graves que ayer uno me levantó de la cama y caí de ella, perfeccionismo patológico, bulimia nerviosa, sistema inmunológico de paseo regularmente y un número de problemas gracias a Dios superados como la fobia a las cucarachas, agorafobia o la ideación suicida.

Mi otro Yo:

Divertida, concienzuda, arriesgada, valiente, creativa, sabelotodo, trabajadora incansable, estudiante forever, agradable físicamente, con zapatos y bolsos monísimos, muy simpática, escribo bien, declamo estupendamente, soy rápida mentalmente y estar conmigo es como estar en una serie americana de buenísimo guión, sentido del humor soberbio e inteligente, gran lectora, curiosa culturalmente, con amigos en todos los estratos sociales y cronológicos, cocinera buenísima, mi arroz caldoso es famoso en el mundo entero, solidaria, profesora alternativa y eficaz, comprometida con Cruz Roja, generosa en tiempo, dinero, anfitriona de matrícula de honor, respetuosa y tolerante con especial atención a las personas mayores que tanto han trabajado por este país, me desfondo con mis amigos y si no me dan en la misma proporción será porque no pueden, cada vez me hago menos daño en el alma con los ultrajes que haya podido recibir de otros, tendrían sus razones o sus ignorancias, es mucho mejor sentirme, dependiendo de mi comportamiento que es de lo que tengo conocimiento y control, soy muy disfrutona, procuro ser consciente de las situaciones que vivo, llamándome al orden para saborear una buena música, una buena película, un libro apasionante, una conversación estimulante, veo lo mejor de las personas y de sus obras, me obligo a oler las plantas del jardín o el abdomen de mi hombre, a recrearme en esa belleza, y declarar cuan afortunada soy.

$$***$$

Esas son las dos partes de mí que quiméricamente comparten mi espacio corporal y mental, es la causa de que sea capaz de lo mejor y de lo peor, de lo blanco y de lo negro, del Yin y del Yang, probablemente como cualquier ser humano pero a lo bestia, como todo en mí, a lo tremendo, agradezco que con los años y la sabiduría esté consiguiendo tener lo mejor de cada bicho controlado, más o menos, da mucha serenidad, y eso, la serenidad, es la verdadera felicidad, no es tan importante subir a la montaña de la Concha como ser consciente, serenamente consciente del camino.

Es por eso que te invito a este viaje bipolar donde el humor sucede a los peores defectos humanos, en un juego donde se presenta el ser quimérico que soy, mitad bufón, mitad académica. Estoy segura de que te vas a reír con las historias del pseudo-detective Ulises y su mujer Penélope, un señor maduro sin límites derivados de su ceguera, en un mundo amable de viajes y urbanizaciones de lujo, con historias absurdas pero, ojo, todas con una base real y apuntes dignos de reflexión. También conseguiré hacerte recapacitar sobre las sombras del ser humano con historias de esclavitud, abusos, poder, seres vulnerables, malas conciencias, la discapacidad, la diversidad sexual, las omisiones y algún asesinato. Finalmente deseo que mis pequeñas perlas te sorprendan. Así es la vida y así la vivo yo, hay tiempo para todo.

Ana E. Venegas

Quimera Bipolar

"Nudo Gordiano"

Cuarenta primaveras oirían hablar de un suelo donde estaría atado con bramante de matriz… Se detuvo, consideró todos los vórtices de la Rosa de los Vientos, sostuvo el tiempo, viró y tomó otro rumbo.

"MOJADO Y SIN VER UN PIMIENTO"

A Correa Jr., a Chico,
por los viajes que compartimos

Aquí estoy, aterido de frío, aplastado por el miedo y el cansancio. Yo soy autosuficiente, yo soy autónomo, ¡qué montón de chorradas!, ¿quién está seguro en esta situación? ni el señor vista de águila, ni la mujer dioptrías cero. Estoy mojado, los pies helados, agarrado a este flotador que una pasajera me dio cuando la catástrofe era inminente y bastante asustado aunque me tengan que matar para admitirlo.

Yo, no puedo explicar muy bien lo que ocurrió, es evidente que no lo vi, tampoco creo que los que sí veían se lo pudieran creer, y menos aún explicar. Estaba en cubierta, adormilado, el aire del mar me alborotaba el cabello, me acariciaba la cara, la camisa de agradable algodón flotaba sobre mí, dejando una cámara de aire que terciaba de fresquito a vivificador, entre ese placer y el mojito cubano que me habían preparado en el bar de la piscina, estaba en la gloria.

Hacía ya un buen rato que por megafonía se había oído que se iba a producir un acercamiento a tierra, a mí me importaba poco, el deleite ya estaba siendo cumbre, no se podía pedir más de mis sentidos, sé que los pasajeros que estaban a mi lado fueron a ver qué pasaba, se levantaron con gran estruendo, a la avalancha, gritándose de forma nerviosa como si pasar cerca de la costa amalfitana con un trasatlántico pudiera ser tan efímero como contemplar el mundial de automovilismo desde la cuesta del Casino en Montecarlo, ¡shiummm!, yo seguí allí, en mi hamaca, con mi mojito, tan ricamente, ¿mi mujer? bueno, Penélope se había acercado hasta el camarote para coger la cámara de fotos, ella sí estaba interesada en inmortalizar, "forever and ever", en instantáneas, la aproximación prometida a tierra, que no a la Tierra Prometida.

¿Habéis oído alguna vez el ruido que hace un pantalón cuando se rompe bruscamente por la retaguardia? pues eso, eso pero a lo bestia, eso es lo que oí antes de que el barco se zarandeara como si lo estuviera interrogando la Gestapo, se me calló el mojito de las manos, me agarré a los lados de la tumbona consiguiendo desplazarme a la misma velocidad que ella, integrado cual carga con capacidad aerodinámica. Desde ese momento, más lío aún, unos corriendo para un lado, otros buscando a sus familiares, ¿Penélope..., dónde puñetas se habría metido Penélope? ¿Y la tripulación? entré en pánico pero sin llegar a la pérdida de la dignidad y grité:

— ¡¡¡¡¡Eh, oiga, ayudadme, "helpedme", échame una mano primo, que soy ciego y veo menos que una "porra liá en un trapo"!!!!! Me eché al suelo para buscar mi bastón, los zapatos, el bolso mariconera y el teléfono móvil, fracaso estrepitoso, de cuatro conseguí un medio, encontré solo uno de mis náuticos, el del pie derecho. Me senté en la hamaca y me lo puse.

Por más que me desgañitaba, los otros, los que veían, todavía gritaban más. Me dediqué a anotar mentalmente el tipo de expresiones que se usan cuando uno está "cagado": ¡Ay Dios!, ¡Dios mío!, ¡Que Dios nos ayude!, ¡La Madre de Dios!, ¡Virgencita ayúdanos!, ¡Jesús, qué espanto!, ¡Señor no me abandones!, ¡Qué horror!, ¿Dios, qué va a ser de nosotros?, luego ya más tranquilo, me di cuenta que más del ochenta por ciento del pasaje era creyente, que lo expresaba en momentos de crisis y que menos del diez por ciento tenían curiosidad por saber qué iba a ser de ellos o por lo menos no lo verbalizan. –Sí que tiene que estar mal la cosa– pensé.

Decidí levantarme de la hamaca, más que nada por aproximarme al cotarro, busqué mi otro náutico, no lo encontré pero me topé con una chancla de goma, de las que se meten por el dedo gordo y te hacen un daño espantoso, era del pie izquierdo, me la puse, me quedaba pequeña y el talón iba pisando suelo, necesitaba mi bastón blanco para servirme y para identificarme, no aparecía, a tientas, determiné seguir el pasillo derecho de la cubierta, camino de la proa donde se oía el escándalo padre. Cuando iba por la mitad más o menos, calculo yo, por lo que recordaba de cuando vine, aunque seguro que no era exacto porque cuando yo voy con mi Penélope se me nublan las entendederas y ni cuento pasos, ni me hago al espacio ni "ná de ná", bueno, cuando iba por la mitad se acercó una pasajera "atacaíta", me vio dando tumbos y con mis gafas oscuras puestas, tuvo un impulso y me dijo:

— ¡Qué penita el pobre! —y me encasquetó un flotador de esos de los duros por la cabeza, diciéndome: —así me quedo más tranquila — me lo dejé puesto por si las moscas mientras su voz histérica se alejaba a trompicones.

Y vinieron las moscas, digo que sí, la gente corría en dirección proa-estribor, no sé si el término es técnico, pero si te lo digo así seguro que lo entiendes: —iban "palante y pal lao derecho" —, alocados, nerviosos, histéricos e histéricas, por lo de la paridad, gritando, amontonándose, cada vez más apretados, sin respetar lo de las mujeres y los niños primero, ni los ancianos, aunque su ética apurada tuvo una excepción. Alguien gritó:

— ¡Aquí hay un ciego! —Nótese que no se dijo "señor con discapacidad visual", ni "hombre afectado de diversidad perceptiva" y es que las emergencias son las emergencias, y yo se lo agradecí. A empujón limpio, agarrándome por las manos, no hay "ná" que me dé más coraje ni que sea más poco práctico para un invidente que le inmovilicen los cuartos delanteros. Se empeñaron en subirme a un bote, y yo, que sin mi Penélope no me iba a ningún sitio, que si que sí que si que no, ¡ala!, ¡El ciego al agua!

Lo que sucedió después creo que puede considerarse la caricatura de la Odisea de Homero, desde el agua yo llamaba desgañitado —¡¡¡¡¡Peneeeélope!!!! —Y desde el barco me respondía mi media costilla —¡¡¡¡¡Uliiiiises!!!!no te preocupes, que ya voy a buscarte, no te alejes, no dejes de moverte, no te vayas a congelar, no sueltes el salvavidas, abróchate la sudadera, ponte el gorro…, le faltó decir ¡¡¡¡¡¡¡VUEEEEELVE A ÍTACA!!!!!!

… Y aquí estoy, aterido de frío, aplastado por la incertidumbre y el cansancio. Sí, aquí estoy, en el agua, llevo un rato y debe haber corriente porque noto el barco cada vez más lejos, el rugido convulso se distancia y concentra, tengo frío, eso ya lo he dicho, pero es que tengo frío, es incómodo, desagradable, es como un dolor, pienso en una bañera calentita, en un abrazo de oso con mi "pilotilla". Sigo esperando a Penélope, ¡jo!, esto debe ser el karma, para que comprenda lo que sufrió Penélope, la otra, la de Ulises, el otro. También tengo miedito, pero eso no se lo pienso decir a Penélope, la otra no, la real.

— ¡A ver si vienen ya! —Estoy pensando que a este comandante se le va a "liar parda", debe ser el primer naufragio gordo desde el Titánic y acordaos, James Cameron hizo una película de Oscar, mi cuñada Angelines llora cada vez que se le muere Leonardo Di Caprio, dos veces al mes por lo menos la repiten en la televisión. Pobre hombre, ¿Pobre hombre?, anda y que le "den por saco", me ha estropeado mi momento "mojito cubano"… — ¡Ojú! —, qué cansado estoy de esperar, ¿la costa estará delante de mí o detrás?, seguro que está a mi izquierda porque el barco debe quedar a la derecha y a mí me bajaron por estribor y… ¡¿qué más me da?!, no me pienso poner a nadar a lo Michael Phelps, de aquí no me muevo….. Bueno, moveré las piernecitas como me ha dicho Penélope!

— ¡¡¡Uliiiises, nos estamos acercaaaaando!!!! —Grita desde la lancha salvavidas mi Penélope, la buena.

Es verdad, escucho chapoteo de agua, se van a enterar estos tipos el mal rato que me han hecho pasar, menos mal que pensamiento arriba, pensamiento abajo he estado entretenido, pero yo me hago el enfadado, pido hoja de reclamaciones y hablar con la prensa, seguro que me mandan a un buen hotel a pasar el disgusto, uno con SPA de aguas calentitas y masajistas que revitalicen este cuerpo, nos van a tratar como reyes, mi "churri" y yo nos lo merecemos.

"Al fin"

Tras años de golpes, humillación y ostracismo, se pintó la última uña, se retocó el "rouge", se calzó sus nuevos "stilletos", salió a la calle, tiró por las rendijas de una alcantarilla los restos de la Amanita Phalloides y se fue al funeral.

"Efialtes el Traidor de las Termópilas"

A mi amiga del alma, Nadia Soleymanjo,
a ella también le quitaron el sueño persa.

Yo soy el único, el único espartano que venció a su pueblo, a la cultura de su pueblo, a la sociedad de su pueblo, a los presupuestos ancestrales, al status quo aceptado. Soy el único que venció pese a sí, pese a mí, pese a mi deformidad, mi joroba, mi cojera, mi incapacidad, mi fealdad, mi amargura…. Yo fui el único y mi insolencia perdurará en el tiempo.

Mi progenitora fue una mujer débil, con instintos maternales anacrónicos, con una piedad impropia de su ámbito, ¿creyó, quizás, que me encontraba en un mundo amable?, ¿cómo pretendía que fuese mi incorporación a ese pueblo? fue débil, una mujer sin carácter, una aberración maternal espartana, a nadie se le hubiera ocurrido mantener con vida a un monstruo de la genética en esa ciudad aria, en esa ciudad intransigente con la debilidad, tan concentrada en el valor del cuerpo, de la guerra, de la competitividad, donde el mérito está relacionado con ocupar la fila de honor, la más cruel y peligrosa en la batalla.

Fue un parto duro, mi enorme cabeza y mis hombros desproporcionados no conseguían hacerse sitio en el canal vaginal, mi madre comprobó agotada y des-hemoglominada que el producto de su vientre era un cacho de carne amorfo, con ojos impertinentes que la miraban demandado un sitio en el mundo y no tuvo arrestos para hacer lo que debía a su comunidad, me escondió y me crió fuera de la ciudad. Esparta, mi Esparta, me obsesionaría toda la vida como macho que se emperra en hembra desdeñosa.

Tras una infancia montuna, arreciado por el frío, la soledad, los alimentos simples y escasos, vine a caer en una adolescencia caprichosa que se empeñó en conseguir lo que no podía, ser aceptado por la población que me vio fugazmente nacer. Ante la oposición materna, que aún me reforzó más en mis aspiraciones, me conduje a la urbe, no a la "urbe condita" sino a la ciudad deseada. Al llegar, las caras de los niños me miraban espantados, fue lo más penoso, nunca habían visto un monstruo como yo, ellos, todos guapos, todos perfectos, endurecidos, fuertes, bellezas de cuerpos que se adivinaban torneados por los músculos trabajados en los juegos bélicos, de un rol tan tangible que hubieran escandalizado al mismísimo Héctor, guerrero caballeroso y padre de familia. Niños acostumbrados al pillaje para poder subsistir, fortaleciendo un carácter cruel hacia el enemigo y fraternal hacia sus compañeros. Jóvenes que no conocían un abrazo, una protección materna desde los cinco años, que habían pasado a ser hijos del estado por el que estarían deseando adquirir el honor de morir. Y yo, residuo resguardado de una madre débil, espartanamente débil, horrendo, repulsivo, incapaz, me empeñé en hacerme un sitio ahí, esclerótica rozada por ortigas.

Solo el rey, Leónidas me miró con compasión, ahora pienso que fue un defecto de carácter, los hechos corroboran que la misericordia no da buenos dividendos en los campos de batalla. Permitió mi presencia y con ello mi existencia en una corporación más cercana a las fieras que a mí. Todo ha sido un error, mi nacimiento fue un error, mi vida un error, mi empeño un error, la debilidad de Leónidas, un solecismo. La evidencia surgió pronto, me pasaba los días observando a los "homoioi", los iguales, soldados de élite, militares a jornada completa, su única ocupación era trabajar esos cuerpos cincelados por el entrenamiento y la lucha. Yo era fuerte, fibroso, pero mi masa muscular por razones que desconozco, no estaba en los emplazamientos adecuados.

Cuando se empezaron a preparar para la batalla en las Termópilas tuve una ideación adolescente, yo podría ser uno de ellos, eran solo trescientos y las hordas persas les superaban ampliamente, tendrían que aceptarme, no les quedaba otro remedio, necesitaban fuerza bruta, de eso, yo tenía guardada en la cueva oscura de mi abominación, pero no, Leónidas me despreció, ni siquiera en momentos de agostamiento, contaron conmigo.

—Con ese brazo y esa joroba no podrás sostener el escudo y dejarás desguarnecido a tu camarada de la derecha —en la "enomotia", el escuadrón de cuatro líneas de 12 hombres, siempre se queda desasistido un guerrero a la derecha, la "fila de honor", ese honor que no tuvo a bien reservarme a mí, no me hubiera importado morir por Esparta, hubiera sido el símbolo de la aceptación, que no me dieron…

Sentado en la escalinata, escuchando amargamente la asamblea de iguales, la eunomia de los apolíneos, semejantes en perfección física y disciplina, mientras realizaban los ritos prebélicos, algo se rompió en mi interior, la química pubescente que me hizo ignorar los dictados de mi madre descendió de nivel, me encontré ante la tremenda realidad de un ser amorfo, irremediablemente giboso, anómalo en un mundo de seres fundamentado en los valores eugenésicos, la excelencia puesta al servicio de las falanges, élite para la guerra, para el estado. Un grito surgió de mi interior, el cristal del que estaba fabricada mi horridez quebró para no componerse jamás, comprendí mi enajenación, nunca podría ser aceptado en Esparta, sería contra natura.

Me alejé, lloré, grité y me desesperé, nada podría cambiar mi situación. Por un momento renegué de mí, de mi atrocidad, hilvané mi propia destrucción, me despeñaría como debiera haberlo hecho esa negligente madre espartana que me parió. Me dirigí al Taigeto, acabaría con mi vida entre sus riscos.

Sin embargo, a cada movimiento que hacía, mientras caminaba, comencé a sentir cada paso en mis pies, a dibujar en mi mente los estiramientos y contracciones de mis fuertes cuádriceps, a sentir el roce de la áspera ropa en mis genitales. Me acerqué a un arroyo, bebí, el agua estaba fresca, metí los pies, me energicé, me sumergí y disfruté, disfruté con mi cuerpo diferente, mi piel apreciaba la frescura del agua, mis ojos consideraban el líquido cristalino, mi nariz se embebía de los aromas a zarzales y me enojé conmigo mismo y con ese pueblo que no sabía apreciar el capital de todos sus súbditos, que despreciaba la inteligencia, la sensibilidad, la diversidad, la espontaneidad, que me despreciaba a mí, hasta la crueldad.

Las Termópilas era un paso estrecho, entre el mar y la montaña, de quince metros de ancho en algunos sectores, una barrera natural que protegía la Laconia de invasiones del imperio persa. Allí se habían dirigido los Trescientos liderados por Leónidas, tan abigarrado, tan heroico como poco práctico, teniendo en cuenta que las tropas enemigas superaban con creces a las autóctonas, se empeñaron en una lucha contra el deshonor, abocada al desgaste más pronto o más tarde, pero resistieron y las montañas multirraciales y multiformes de guerreros del imperio, muertos en batalla, se convirtieron en trincheras humanas para los espartanos que rugían de orgullo patrio.

Decidido a tomar mi parte de la vida, me aventuré por el sendero secreto que conocía de mi niñez en el exilio de la montaña, rodeé las tropas lacedemonias, atravesé la montaña y me dirigí, entre seres tan deformes como yo, ante la presencia de Jerges, rey del imperio Persa, soberano de la mezcla más ingente de seres humanos de todos los colores, estaturas y aposturas. Enseguida comprendí que estaba en casa, la casa donde el espíritu se sosiega, donde no se desea estar en otro sitio, en otro cuerpo que en el mío propio. Soy consciente de que me recibieron por mi valor, por el valor de mis informaciones, y tras mostrarle el camino oculto, fui agasajado con mujeres hermosas que frotaron mi giba con aceites perfumados, me sirvieron manjares inimaginables en mi austera ciudad, caldos de Tel Kabri y me llevaron al orgasmo más veces de las que hubiera recordado en toda mi vida de onanista consumado.

Por supuesto que el ejército de Jerges aniquiló a los valerosos espartanos, sin embargo, mi dicha y la dicha persa duraron poco, Salamina, ¡ay! Salamina, en esa derrota lo volví a perder todo, todo menos la sabiduría de comprender que este cuerpo me acompañará toda la vida y que lo que disfrute y lo que pene, lo haré dentro de él.

"La Esperanza del Mañana"

"Prometí aplicar el hallazgo pero el curso de los acontecimientos me desanimó, abandoné toda esperanza.

Hoy es mañana, mañana es otro día y una promesa es una promesa"

"Ulises y el delito tecnológico"

A Antonia Coello, "my mother in law",
por tener una vida propia, plena,
divertida y a veces surrealista, gracias por ser feliz
y permitírnoslo a todos tus hijos.

Bueno, algunos ya me conocéis, me llamo Ulises, vivo en Marbella, estoy casado, con Penélope, ya sé que suena a guasa, a quien le suene, que algunos ni les suena, ni les sonará, en fin a lo nuestro, después de volver del crucero o del naufragio, según se mire, mire quien mire que yo miro poco, esto… el crucero, ¡sí!, en fin que hemos estado una temporada relajados en casa, con nuestras caminatas por el paseo marítimo, nuestros baños en el espigón de Puente Romano, quitándonos el bañador al atardecer, para hacer el gamberrete y porque nos gusta ¡leches! que es un placer y cuesta poco. Hemos estado muy tranquilitos, disfrutando de la lectura, me descargué de la Biblioteca Virtual en audio "El Real Sitio" y "La Sonrisa etrusca" de José Luís San Pedro y una rutilante novela sueca titulada "El Abuelo que saltó por la ventana y se largó" con la que aún me estoy tronchando, ¡qué arte de abuelo!, también hemos comido como sibaritas, en lo de Francis, "La Polaca", donde ponen la mejor ensalada César de la Costa del Sol, acompañada de jamoncito del suyo, o las tostas con foie. En los Tres Pepes, ¡jo!, ¡qué arroz caldoso! ¡Ah! y saboreando espetos por todo el litoral, eso sí, regados con cervecita bien fría y tintitos para no engolliparnos, en conclusión, ya llegará septiembre y Rafa Garófano, nuestro médico, aparecerá con la noticia de que Penélope debe perder peso, por lo de las rodillas ¡claro! y mi casa será el reino de la sopa de verduras y el pollo a la plancha.

Lo único que nos ha sacado de nuestro paraíso perfecto ha sido la sal y la pimienta de nuestra balsa veraniega, que yo ya estaba un poco aburrido, que necesitaba emociones fuertes ¡leñe!, esto debe ser adictivo, se acostumbra uno a que de vez en cuando le pasen acontecimientos extraordinarios y creo que ya los busco o los provoco yo.

Hace una semana llegó un nuevo veraneante al apartamento de al lado, el que alquilan por temporadas, no veas, mil euros por una semana, aunque lo vale, Marbella, playita, chiringuitos, discotecas, club de playa, piscinita, fiestas, la feria del libro cargadita de intelectuales, unos más buenos y otros…., otros, en fin…. Que llegó un señor de unos cuarenta años, con su mujer e hija. Penélope los saludó en el ascensor, le contaron que eran ingenieros y que trabajaban para Microsoft España, muy educados, bien puestos, ¿la nena? un encanto.

Cuando estaba por la noche en la terraza tomando el fresquito, escuché una conversación telefónica de Ignacio con su madre:

—Sí mamá, como ya te conté esta tarde, estamos bien, la peque bien, Laura bien, hemos comido, no he bebido alcohol, he ido al baño, sí mamá, me puse la protección solar, te tengo que dejar que estoy en el balcón y no quiero molestar a la familia del apartamento de al lado, se oye todo.

A los diez minutos: —Sí mamá, claro mamá, no te preocupes mamá, tenemos cuidado con la carretera, sí que hay mucho loco suelto, sí mamá, no te preocupes, vete a dormir, bueno mujer no es que quiera cortarte es que me iba a la cama, ya están todos dormidos, hasta mañana, adiós.

Minutos más tarde: — ¿Qué pasa mamá?, ¿No me vas a dejar dormir?... No mamá si no me molestas, no te enfades es que tengo sueño, que entre el viaje y la playa estoy reventado. Ya sé que te preocupas por mí pero estoy bien, muy bien mamá, estoy de vacaciones…

Me fui a la cama, ¡pobre hombre!, ¡Pobre ingeniero, casado, con cuarenta y tantos y veraneando en Marbella!

A la mañana siguiente nos encontramos a Laura en la panadería del Supersol, a veces vamos tempranito, a eso de las diez o diez y media, eso es tempranito aquí, a las siete aún no están puestas las calles. Penélope me presentó a la nueva vecina temporal, parecía una mujer muy agradable y educada, "un amor" que diría nuestra amiga Blanca Molet, su voz denotaba cansancio y mi mujer detectó unas incipientes bolsas en los ojos a lo Jiménez del Oso, nos comentó que no había dormido bien, no quería profundizar pero mi cónyuge es especialista en hacer desembuchar, han sido muchos años haciendo entrevistas psicosociales en Cruz Roja.

La pobre mujer no había pegado ojo y el motivo era su suegra, su madre política que no dejaba de llamar a su marido, de día y de noche, no había descanso, esa era la historia de su matrimonio, quería a su marido pero estaba muy harta de la presencia impertérrita de su madre política, no lo dejaba porque sabía que él era una víctima.

Las llamadas se repitieron durante las siguientes dos semanas, sin embargo, la noche de autos, mientras estaba en mi sillón del balcón y sin luces, que a mí para lo que veo me da lo mismo encendidas que apagadas, se volvieron a repetir los episodios telefónicos habituales, aunque hubo una novedad, el hijo se quejó de que no podía cenar tranquilo con su familia, pero, por lo que deduje, la madre se puso a gimotear y a retorcerle la conciencia con la manipuladora idea de que ella estaba sola, que era vieja, que le dolía todo, indefensa, que su único hijo, por el que ella había dado la vida estaba en Marbella de vacaciones con su "estupenda" esposa y que le molestaba hasta una llamadita de su madre. Ignacio acabó llorando en la terraza. Me enteré de toda la conversación porque se la contó a su esposa entre hipidos en el balcón para no despertar a la niña. Se sentía como un canalla....

—Este chaval necesita una ayudita, ¡esto es un acoso y unos abusos psicológicos en toda regla! —pensé.

Y ni corto ni perezoso, mi estrategia fue tomando forma en este volumen circular que tengo por cabeza. Lo convencería de que podría no coger el teléfono, apagarlo, incluso lanzarlo al pinar del Vigil de Quiñones, sumergirlo en agua, mearse encima, cocinarlo en el puchero, hacérselo robar, venderlo en el mercadillo de Sabinillas... Pero esto no funcionaría, esta víctima de abusos psicológicos, manipuladito vivo por su progenitora, estaba tan abducido que seguro sentiría que era él la mala persona, el que no atendía a su madre, el que la hacía sufrir, la pobre, con lo que había luchado y ahora él se comportaba como un miserable desagradecido que se iba de vacaciones a Marbella y no se llevaba a su antecesora directa. Mi estrategia se fue conformando.

Entré despacito en el apartamento, Penélope dormía, le doy mucha caña a la pobre, cogí el teléfono y me metí en la cocina, "piticlin, piticlin, piticlin", osea, 091:

—Comisaría de policía ¿dígame?

—Buenas noches quisiera denunciar un acoso telefónico, no quiero decir mi nombre porque tengo miedo de las represalias, el afectado es Ignacio Lunamenguada Ortiz, está residiendo temporalmente en la Urbanización Las Alamandas, apartamento 23. A mi entender está siendo manipulado por la mafia napolitana —pi,pi,pi,pí....

A los siete minutos se lió parda, la policía en su eficiencia apareció en forma de tres coches patrulla, al mando mi amiga Pilar Prados, ya nos conocemos de otros "acontecimientos", llamaron a la puerta y dijeron que había habido una denuncia por acoso telefónico, mis vecinos juraron que no habían sido objeto de delito alguno, pero a la oficial no le pasó por alto el estado anímico de mi vecino, sus ojitos hinchados y enrojecidos como salmonetes de la tierra, bueno, de nuestro mar, pidió ver el móvil del señor Lunamenguada, cuando percibió la reiteración de llamadas desde el mismo número, informó inmediatamente a la unidad de delitos tecnológicos y se llevó al matrimonio a comisaría, Penélope y yo nos quedamos con la nena, ya estaba en pie todo el edificio, todos nos preguntaban qué había pasado, a lo que nosotros respondíamos que no estábamos informados, que se fuesen a dormir y ya veríamos al día siguiente.

Una media de cuarenta y nueve llamadas recibidas al día desde hacía veinticuatro años, fecha en que fue dada de alta la línea, todas ellas procedentes de un usuario catalogado como "Mamá" en la libreta de direcciones de la víctima y que en realidad correspondía con su propia madre; ese era el dato que los especialistas en delitos tecnológicos estaban comunicando a la oficial Prados cuando se produjo un momento de crisis en las oficinas policiales, el pobre Ignacio no aguantó más, su olla exprés explotó de no soltar por la válvula y con gestos propios de un enfermo cardíaco en pleno infarto, cayó al suelo, sujetándose el pecho, no podía respirar, los ojos se le salían de las órbitas, estaba muy malito y sentía pánico. Todo esto nos lo contó la oficial al mando días más tarde cuando vino a hacer una visita de comprobación, terminó con un apretón en mi brazo y unas palabras enigmáticas para Penélope:

— ¿Con que acoso de la mafia napolitana, eh? —Mi mujer comentó más tarde que en ese instante los esposos me miraron boquiabiertos...

El pobre ingeniero fue tratado de ansiedad, depresión, ataques de pánico; le recetaron Escitaloprán y Trankimacín para dormir a un mamut, eso sin contar con el Diazepan intravenoso que le había estado metiendo toda la noche, cada vez que el desgraciado recobraba el conocimiento. Al servicio médico no le quedó más remedio que poner en manos de las autoridades el acoso al que era sometido y las consecuencias que para su salud y vida familiar estaba teniendo.

De regreso al apartamento, el enfermo sesteó de lo lindo, sobre todo porque por prescripción médica no debía coger el teléfono y también porque estaba "endrogaito", como diría mi suegra, más tarde creo que hasta lo oí silbar. El último día llamaron a la puerta, Penélope había ido a impartir uno de sus talleres a Cruz Roja, abrí tras cerciorarme de que no era ningún psicópata caníbal, ¡ja! Con gusto invité a Laura a pasar, venía a despedirse, estuvo muy amable, me leyó la sentencia del juicio rápido al que había sido sometida su madre política, "orden de restricción de llamadas a una a la semana y multa de 700 Euros", cuando se iba se volvió, me dio un beso y me dijo: —Gracias Ulises, sorprende lo que se puede ver más allá cuando no se puede ver más acá.

Recursos malgastados

"Hundida en una profunda autodecepción, desprecié los indicadores fisiológicos y me dejé acunar por los complicadores fundamentales de la desdicha, ahora, ni la vida me despertará"

"Quimerismo Tetragamético"

Había sido la peor noche de su vida, con diferencia, tenía la cabeza tan abotagada que no podía pensar, el espectáculo había sido dantesco, el horror que nunca podría haber ni imaginado se materializó, su marido estaba en la habitación de Lucía con una mano en su cuerpo y otra en su asqueroso pene, él gemía y ella lloriqueaba. De repente le vino a la cabeza la demolición del City Hall de El Paso que había visto en las noticias, la gran y compacta estructura del antiguo centro cultural fue removida, tumbada desde dentro, desde las entrañas de su ser, desde sus cimientos. Solo se atrevió a balbucear palabras inconexas, sin sonidos, atascadas a la altura del esternón, el pavor y el espanto se instalaron en su tráquea, ni siquiera los conductos lagrimales dejaron pasar el torrente de líquido salino que afluyó a ellos, la contracción de todos los orificios corporales había sido involuntaria y el espanto crecía dentro, empujando, creciente, amenazando con hacer explotar también el edificio de su cuerpo.

De repente y como si de un desdoblamiento astral se tratara, comprobó cómo sus manos y piernas se dirigía hacia el individuo que más había admirado en su vida hasta hacía tres segundos, descoordinada, lo manoteó, le tiró de los pelos, de la ropa, le abofeteó la cara, ningún elemento de su acervo violento rebajaba la tensión de su espasmo general, solo, cuando miró la cara de su hija, agraviada y amedrentada, consiguió que el aire entrara eclosionando en la glotis, con una onda expansiva que zarandeó el nido amoroso donde había gestado a Lucía y un llanto histérico, un grito de dolor salió de ella, desde su útero, rasgado, como la voz de una gitana vieja curtida en el cante.

Se acercó a la niña y no supo qué decirle, ¿qué se le puede decir a una hija que en vez de ser protegida por su padre es quebrantada por él?, la abrazó, las dos lloraron juntas mientras la mecía, la apretaba y se lamentaba de no haber sido capaz de ampararla, ¿cómo no se había dado cuenta?, ¿quién era ese señor que acababa de salir de la habitación?, un desconocido, no podía ser el hombre con el que se había casado, ¿cómo iba su hija a vivir con eso?, ¿y ella?, ¿qué debía hacer?, seguro que tenía que proceder de forma correcta, como no lo había hecho antes, pero ahora, no quedaba otro remedio, la evidencia la obligaba, por su hija, por ella, tendría que actuar contra su marido, el padre de sus hijos.

**

Aunque de origen isleño, Carlos estudió medicina en La Autónoma de Madrid, lo eligió su padre, que era un reputado traumatólogo canarión, conocido por todo el archipiélago y de gran prestigio social. No es que Carlos no estuviera motivado para la elección, todo lo contrario, pero esas cuestiones administrativas y oficiales las dejaba en manos de su padre, a fin de cuentas, él siempre se había encargado de todo lo importante de la familia. Se instaló en la capital del reino, en la residencia universitaria de la UAM, trabajó con vehemencia, también supo compaginar sus estudios con la vida ociosa del universitario, a veces, se permitía asistir a una fiesta en lunes y otras, no salía en tres días de la habitación, alimentándose de café y galletas.

Terminada la carrera optó por hacer el doctorado en Granada, en el ámbito de la Epidemiología y la Salud Pública, su padre protestó con la boca pequeña, porque sabía que su hijo, si bien no iba a tener una experiencia cercana a la aplicación de la medicina, sí acabaría siendo un hombre influyente. Fue allí, en la ciudad de la Alhambra donde conoció a Victoria, la mujer naranja, la mujer fulgente, su piel era blanca rosada, sus ojos verdes Pacífico, su abundante pelo, rubio rojizo y rizado. Sufrió una conmoción cuando la descubrió en una fiesta de la Facultad, le temblaron las pantorrillas, aguantó una apnea exagerada tan evidente que le hizo sonrojarse. En cuanto recuperó el aliento se acercó a ella y desde entonces, no se habían vuelto a separar, se casaron y se trasladaron a Las Palmas donde impartiría clases en la universidad y asesoraría al Cabildo en cuestiones político-médicas. Hasta ese día…, cuando fue pillado "in fraganti", mientras daba rienda suelta a la prefectura más oscura y celada de su temperamento.

***

Carlos volvió a la habitación, negando la evidencia, asegurando que su mujer había malinterpretado los hechos —nadie creerá que yo, siendo hijo de quien soy y ocupando el cargo que ocupo...

Inició una huida hacia adelante que lo llevó a poner en duda la salud mental de su esposa, los motivos de su matrimonio e incluso la fidelidad conyugal. Victoria no pensó ni por un momento que le fuese a resultar tan difícil proteger a sus hijos, tenía miedo, miedo de no tener fuerzas y realmente, las iba a necesitar. Se encerró en la habitación de los niños, echó el pestillo y movió el escritorio para ponerlo delante de la puerta, aunque él, no intentó ni siquiera entrar. Toda la noche la pasó pensando qué hacer, qué hacer por su hija, para que sufriera lo menos posible, al fin y al cabo el profanador había sido su padre, la arropó consiguiendo que se durmiera. Era culpa suya, pensaba, tendría que haberlo visto antes, los detalles, los toqueteos, las ausencias de la cama, era su culpa, estaba claro, vivía tan bien que no quería ni pensar en la posibilidad de que su vida estuviese fundamentada en una gran mentira, "too good to be true". Se había dejado epatar por los títulos, la posición social, los bienes materiales, su propia familia había despreciado indicios de comportamientos extraños, si se tiene dinero, nos dejamos llevar por el estereotipo de seguridad, o somos incluso capaces de admitir los defectos, es maquiavélico, hay actitudes que nunca le admitiríamos a un excluido. Le estaba martirizando su responsabilidad por omisión, además lo perdería a él, ella lo había amado, lo había venerado, lo seguía queriendo, ojalá hubiese podido cerrar los ojos y al despertar todo hubiese ocurrido en una horrible pesadilla…, el silencio de la noche, es como un grave en un espacio cerrado, es ese lugar donde los problemas se hacen irresolubles, la oscuridad es un "do" omitido, la vigilia se hace larga.

En su desesperación y soledad urgió un programa de actuación, tan débil como su capacidad mental. A la mañana siguiente, en cuanto el monstruo saliera de casa, irían al hospital para valorar la afección provocada en la pequeña Lucía y de camino en Carlitos, llegados a este punto había perdido completamente la confianza en él, sin saber siquiera poner límite imaginario a la perversión de su hasta anoche querido esposo.

∗∗∗

Todo el mundo en el hospital conocía al Doctor Carlos Planas, muchos de esos médicos, habían pasado por sus clases en la Universidad, lo admiraban, no podían creer el relato de esa mujer peligrosamente hermosa, exóticamente fría y distante. En menos de un cuarto de hora la eminencia estuvo en el hospital donde todos le hicieron reverencias y le dieron muestras de comprensión ante la contrariedad doméstica que estaba sufriendo. Mientras, Victoria intentaba explicar lo sucedido y urgía a los galenos a examinar a sus hijos, los sanitarios trataban de calmar su estado de ánimo, finalmente, comprendió que no la creerían y que pretendían congraciarse con el poderoso, instándola a no montar un escándalo, en ese momento perdió completamente el control y pidió con gritos histéricos que viniera la policía, lo que dio pié a que la ataran y la pusieran de benzodiacepinas hasta las cejas.

∗∗∗

Los recién casados dejaron atrás la Málaga natal de Victoria y se instalaron en Las Palmas de Gran Canarias, ilusionados, ilusionada, por su nueva etapa vital, en una ciudad cálida, rodeada de personas influyentes, invitada a todos los eventos como consorte, apreciada por ser una nueva Planas, disfrutando a diario de la playa de las Canteras desde su privilegiado jardín, próximo al auditorio Alfredo Kraus. Allí fue feliz, incauta, veranos cálidos e inviernos templados, solo había vuelto a usar medias por pura coquetería, su marido regresaba todas las noches a casa excepto cuando iba a la península a algún congreso, pero casi siempre aprovechaban para pasar unos días juntos de exposiciones, teatros y compras, supliendo así las carencias territoriales de las ínsulas. Ella vivía en su paraíso particular y no fue capaz de ver las inclinaciones pederastas de él, había sido una madre negligente, se culpaba de ello, se torturaba, era responsabilidad suya, debía haber sabido cuidar de sus cachorros, a veces, liberaba presión con la patológica idea de estar equivocada, de no ver lo que vio, pero inmediatamente, se le aparecía la tremenda imagen de Carlos con las manos entre las piernas de Lucía y una evidente erección.

***

Al borde de un colapso nervioso, con una sonrisa estudiada y sudando de puro miedo, consiguió meter a los chicos en el avión, dos semanas había estado disimulando, haciendo creer que se avenía a la versión de él, regresó a casa y comenzó a planear la huída con sus dos hijos. Se levantó, compró un vuelo de última hora a Málaga, llenó las mochilas del colegio de los niños con lo más imprescindible y condujo el Nissan Qasquai dci 2.0 como si fuese a llevarlos al colegio, solo cuando encaró la GC-1 camino al aeropuerto se propuso explicarle a los chicos que iban a ver a sus abuelos a Málaga y que debían portarse muy bien todo el trayecto. A la llegada, los esperaban los abuelos ajenos al drama que estaba viviendo su hija.

La familia cerró filas entorno a Victoria y sus niños, ocupándose cada uno de la parcela que le correspondía en la resolución del conflicto. La madre preparó las habitaciones y un buen puchero de los que reviven a un muerto. Su padre se encargó del tema legal, no en vano había sido procurador por más de 20 años. Su hermana Queca la acompañó a los servicios sociales, al instituto del menor, a la psicóloga, al hospital, al forense, a una agotadora procesión lamentable que producía mucho dolor y pereza pero que era innegablemente obligatoria. La psicóloga encontró indicios de que ambos niños habían sido sometidos a abusos sexuales, el forense lo corroboró, la denuncia, la acusación de pederastia estaba en marcha y el juez decretó una mensualidad en concepto de manutención de los hijos, hasta que se resolviera la sociedad de gananciales.

***

Dos trabajadores sociales llamaron a la puerta, Queca los acompañó a la salita, allí su hermana los esperaba, sometida, temblándole el dolor en los labios, las pruebas de ADN habían dado unos resultados sorprendentes, Carlos era el padre de los niños pero ella no. ¿Cómo era posible? si ella los había tenido dentro, si los había visto salir, si habían sido arropados cuando aún mantenían el cordón umbilical que les unía.

El padre, con la única intención de prolongar el proceso y de suspender la pensión alimenticia, desde la prisión provisional de que era objeto, había denunciado las "infidelidades de su esposa" y la posibilidad de que los hijos no fuesen suyos. Había pedido unas pruebas de paternidad con estos sorprendentes resultados, el edificio ue había empezado a construir se venía abajo definitivamente, los niños serían intervenidos por la comunidad autónoma, se los llevarían y solo podría verlos unas horas a la semana, y eso mientras estuvieran en proceso, si se corroboraba la no maternidad, los niños volverían a Canarias a casa de sus abuelos, pobres niños, bastante tenían con el trauma producido por su progenitor. Victoria estaba destrozada, ¿se podía soportar tanto sufrimiento? Se los llevaron, lloraban, se resistían, gritaban y cada grito volvía a herir el útero de esa madre, cada grito era una contracción parturienta, cada grito le partía el alma. De nuevo se volvieron a ocluir las aberturas al mundo, ni una sola lágrima consiguió salir de ella, todas se tumoraron y bajaron a ese sitio, a ese debajo del esternón, donde el alma se enquista.

***

Entró al pequeño despacho que ocupaba en Cruz Roja. Una vez más me pregunté qué hacía una mujer como ella en un servicio de último recurso, —una demostración más del deterioro económico del país —pensé. Lamentable, una mujer joven, exótica, bella, de una refulgencia naranja, con esos ojos verdes-aguas de mexico, hablando bonito, con léxico admirable, esa estética del andaluz leído —cada vez estaba más intrigada —, se sentó y comencé la entrevista psicosocial, primera parte del protocolo de nuestro servicio de orientación laboral, licenciada en Derecho por la Universidad de Granada, no había ejercido su profesión pero había estado asesorando a varias ONGs en Las Palmas de Gran Canarias, entre otras a Cruz Roja, en el programa de Retorno Voluntario de inmigrantes a sus lugares de origen. Necesitaba trabajar, iniciarse al mundo laboral, demostrar a protección de menores que era capaz de ocuparse económicamente de sus hijos, mientras, insistía en la irregularidad de las pruebas de ADN. Estaba tan segura que los niños eran hijos suyos como que los había tenido en su ser, como que los había visto emerger de sí, como que eran tan naranja como ella.

En ese tiempo coincidí con un biólogo de la Universidad de Málaga, el Doctor Miguel Medina, una eminencia en cuestiones del ámbito de la replicación de la cadena de ADN, en el descanso de unas jornadas, le presenté el caso, dado que ya habían sido repetidas las pruebas, insistí con la esperanza de encontrar alguna explicación, sobre todo por la protección de esos infantes, estuprados y separados de sus más seguros anclajes, supongo que sintió curiosidad científica, porque preguntó todos los detalles y pidió más, por lo que organicé un encuentro con la atribulada madre.

***

Victoria había sido una niña mimada, querida, criada en un entorno seguro, en un ecosistema respetable, sus padres eran personas afectivas, un poco demasiado protectoras y su relación con Queca comprendió desde pequeñas las grandes hazañas infantiles, en camaradería fraternal, ¿de ahí su negligencia?. Los espartanos pensaban que para que los hijos fuesen fuertes había que separarlos pronto de los padres y dejarlos desamparados para que ellos lucharan por su vida, seguro que se endurecían, otra cosa es que fuesen ciudadanos felices, serenos o hedonistas. Ella había sido educada con mucho cariño y normas, fue una chica alegre, una adolescente creativa, no demasiado incómoda, una adulta casada con un médico de renombre y con dos hijos encantadores.

Había sido una niña mimada, sí, pero no menos preparada, estaba respaldada por su familia y por la convicción de lo que había visto, había visto nacer a esos dos hijos y también la transgresión de su padre hacia ellos. No iba a parar, no tenía otro objetivo en su vida que llevarse a **a los niños**.

***

Nos reunimos en el hall de la Facultad de Ciencias, en información nos indicaron el camino hacia el despacho del Doctor Medina, esperaba sentado tras su escritorio, un escritorio pulcramente ordenado con bandejas azules, un ordenador de mesa, una tablet, varios libros y un ejemplar de la prestigiosa Science Magazine. Nos sentamos, Victoria puso sobre la mesa su agenda y un DVD de "La Sirenita" que tras la entrevista pensaba llevar a Lucía, su película favorita, esta la había comprado el abuelo, la primera se había quedado en Las Palmas.

—A ver Victoria, es obvio que tú estás segura de que esos niños han nacido de ti y por las fotos que he visto son físicamente más parecidos a tu familia que a la de tu marido, por este motivo te creo, pero se nos plantea un dilema, hay unas pruebas de maternidad negativas —se calló, mirando hacia la revista, sus gafas reflejaban la luz de la lamparilla de mesa, de unos cincuenta años, estatura mediana, con poco pelo, camisa de cuadros holgada y pantalón de pana, se notaba que no consumía mucho tiempo en su aspecto físico, eso sí, se apreciaba bien aseado, sus uñas bien cortadas, su anillo de casado, una vida equilibrada en lo personal y apasionante en lo profesional:

—Los análisis se han repetido dos veces, con lo que no hay duda teórica, pero, tiene que haber algo…

Se quedó como callado, pensando, con los ojos muy abiertos, mirando detenidamente al vacío, sin ver nada, procesando los años de estudios en libros y en revistas científicas, el silencio no le dolía, no le perturbaba, los genios son así, si necesitan tiempo se lo toman, los demás que esperen, no son como nosotros, los que intentamos agradar a todo el mundo, sintiendo un miedo atroz al vacío, percibiendo la necesidad estúpida de llenarlo con palabras innecesarias, si no hay nada que decir lo mejor es no abrir la boca, ¿pero por qué nos acucia esa necesidad de llenar el espacio acústico aunque sea con perogrulladas o fórmulas sociales del tiempo atmosférico? absurdos, muchas veces somos muy absurdos.

De repente su mirada se volvió deliberada, el DVD de la película infantil ocupó toda su atención, le brillaron los ojos, hubo un rictus de sonrisa, asentía con la cabeza, todo ello en un proceso interior que obviaba plenamente nuestra presencia.

—Necesito uno de sus óvulos, quiero hacer unas pruebas, así que pediremos que le extraigan uno.

***

La revista Nature es una publicación científica, una de las dos grandes a nivel mundial, no está especializada en ningún tema en concreto, basta con que los editores valoren que el artículo es de gran interés científico para que publiquen un descubrimiento, en esta ocasión publicaron mi artículo, yo, que soy una educadora social, sin otro mérito en los círculos de investigadores, sin embargo, la valía no era de mi redacción sino del suceso que divulgaba, una mujer contenía en su cuerpo dos tipos de información genética, eso sí, sus células compartían tantos genes como los propios de dos hermanos mellizos, había un grupo mayoritario, el que pertenecía a Victoria y luego, otro minoritario, con concentraciones celulares especialmente en los ovarios, este pertenecía a su hermana no desarrollada.

**

Fueron dos los óvulos que la madre de nuestra protagonista maduró aquél mes, ignorante de ello, como cualquier mujer que desconoce el prodigio de su aparato reproductor, ¡ah!, nuestro cuerpo es un laboratorio en proceso, ahí se realizan las fusiones, fisiones, transformaciones, maduraciones... y nosotras, como el director general de una empresa de automoción, solo vemos el coche terminado, cuando sale de la cadena de montaje. Hubo otras dos células ganadoras en la carrera hacia la fertilidad, dos buenos espermatozoides paternos que confluyeron como únicos vencedores en las dos metas que se habían preparado en tan peculiar maratón. Providencialmente, ambos cigotos confluyeron en un mismo recoveco del útero materno, tan cerca uno de otro, tan juntos que se fundieron en una sola célula tetragamética, así, tras las divisiones y divisiones mitóticas nos encontramos con Victoria y su hermana en un mismo cuerpo. Nadie lo hubiera descubierto de no haber sido por las dichosas pruebas de paternidad.

—¿Has oído hablar del hermafroditismo? —Era una pregunta sin ánimo de que la contestara.

—Pues no es más que una quimera tetragamética como tú, Victoria, solo que hay un hermano y una hermana en el mismo cuerpo.

El Doctor Medina estaba eufórico y no era solo por el gran revuelo mediático que se había organizado sino por el hallazgo científico. En cuanto se presentaron los documentos e informes en el juzgado de familia, no hubo más remedio que devolver a los dos pequeños con su madre, el proceso contra el ignominioso seguiría en marcha.

— ¿Sabéis lo que es una quimera? —Preguntó a los niños, que lo miraban ojipláticos, no en vano su madre les había hablado de él, de su trabajo en la Universidad y de la ayuda que les había prestado. — Una quimera es la Sirenita, un ser vivo que contiene información genética de dos criaturas, vuestra madre es como la Sirenita.

***

No podía dormir, Carlos estaba esperando que sucediera, como otros muchos días que habían pasado la jornada juntos. Estuvieron practicando en el Raquet Club, comieron allí, le dejó pedir los espaguetis a la boloñesa que tanto le gustaban y a él le horrorizaban, bromearon, fueron al cine, vieron ET, fue divertido, un extraterrestre que no daba miedo, te encariñabas con él. Llegaron a casa y se encerró en su despacho, Carlos se duchó y se puso el pijama, cenó en la cocina con la asistenta, su madre estaba en la península, no quería acostarse, se lo estaba temiendo, otras veces, cuando su madre estaba fuera, su padre se mostraba cariñoso, lo colmaba de caprichos y luego lo visitaba en su alcoba, tenía miedo, no le gustaba que viniera por la noche, lo tocaba, lo hacía sentir incómodo, le dolía, le avergonzaba, ojalá su madre hubiera estado allí, pero no, las pisadas por el pasillo se acercaban, se entreabrió la puerta, lo temió acercándose, percibió su aliento en el cogote, su calor en la espalda y esa mano que producía náuseas…

La moral de Gulliver

Había una vez una casa donde vivían muchos seres diminutos dominados por otro ser gigantón, pero no era una casa encantada.

"Ulises en Nueva York, Nuestro Héroe Cruza el charco"

A Elizabeth Da Silva escritora de Erótica y Romántica,
¿quién tiene derecho a opinar sobre
lo que hacen adultos en su intimidad?

Algunos ya conocéis a Ulises, mi héroe favorito, Ulises es alto, Ulises es guapo, Ulises es inteligente y avispado, Ulises es culto, Ulises viaja, Ulises está en el mundo, Ulises tiene una familia maravillosa, su mujer Penélope, su hijo Telémaco y su perro Argos. Ulises es lo más, el más osado, el más valiente, el más extrovertido, Ulises es ciego total…

Como otras veces ha ocurrido, nuestro protagonista atrae las situaciones estrambóticas, de misterio, que rozan lo hilarante por absurdo y lo serio por real. En esta ocasión Ulises fue invitado a dar una conferencia en unas jornadas celebradas en el Green Centre de Nueva York, sobre su experiencia como usuario de perros guía. En el ágape posterior al evento le presentaron a Dereck Flanangan, director ejecutivo de una flamante publicación neoyorkina de trascendencia internacional. Su conversación era interesante y parecía expectante respecto a las vivencias de un invidente español, autosuficiente, universitario y viajado. Penélope que se había apuntado al periplo, hizo enseguida "migas" con el neoyorkino, tenían en común su amor por el surrealismo, hubo varias ocasiones en que los conocimientos de ella eclipsaron los de él.

Debido a la originalidad y atractivo de la pareja española, Dereck les hizo extensiva una invitación para un "lunch at home", lo que viene siendo que iban a seguir la fiesta en su casa con la excusa del almuerzo. El Green Centre les había proporcionado un coche con chófer que los llevó a un ático en Manhattan, debía de costar un riñón, el salón era tres veces el pisito de una familia media española. La pared que daba al exterior entre arcos de un grueso cristal enmarcado en piedra daba a Central Park, se cotilleó que los vecinos de planta eran Woody Allen y su mujer-hijastra.

Reunidos a una gran mesa se encontraba la "crème de la crème", el comisario de Naciones Unidas para la Convención de Personas con Discapacidad, periodistas, estrellas televisivas, la cónsul española en Nueva York y algunos amigos del anfitrión.

La conversación tomaba giros unas veces inesperados por ajenos y otras obvios por los asistentes, la Ley de Sanidad, la crisis en Europa, los perros guía no son una mascota sino que están trabajando, el grupo de surrealistas en Nueva York en la Segunda Guerra mundial bajo la protección de Peggy Gugenheim, en fin, bastante animado aunque a veces Ulises perdía un poco el hilo pues el inglés americano cuanto más del interior, más difícil de captar y alguno era muy del interior.

Las necesidades miccionarias de Ulises crecían paulatinamente hasta un punto de no retorno, avisada Penélope, se dispusieron a seguir las indicaciones del asistente para arribar a buen puerto mingitorio. Muchas eran las puertas que concurrían en el pasillo paralelo al salón, ¿debían entrar en la tercera a la derecha o en la tercera a la izquierda, o era la cuarta?, es que el asistente tenía ese acento, ¡ese que no hay quien lo entienda!, en fin que abrieron la cuarta a la derecha. Penélope penetró, tiró de Ulises, lo mandó a hablar bajito mientras hacía ruiditos de los de no salir de su asombro.

Estaban en una habitación de bebé sobredimensionada, Gulliver en el país de los gigantes, o eso, o no había explicación. Una cuna enorme se situaba en el flanco izquierdo, enfrente, una gran mesa para cambiar al bebé, un caballito de madera de más de un metro y medio, apilados en estanterías, unos pañales enormes. Sin embargo, en una cómoda azul celeste había objetos de aseo de bebé de tamaño normal y un marco con una foto, una foto del dueño de la casa, ya adulto, con unos patucos, faldón de encaje, gorrito a juego y un chupete de su tamaño.

—Esto es nuevo —comentó Penélope —mira que he visto y tú oído cosas en esos mundos de Dios, ¡pues esta es nueva!

Sigilosamente salieron al pasillo y exploraron hasta dar con la localización exacta del requerido cuarto de baño. Allí Ulises se tuvo que buscar la vida, palpando por las paredes hasta encontrar el WC, Penélope le había dado la alternativa en la toilette, ella, se sentó impaciente en un puf blanco inmaculado y sacó el IPAD de últimísima generación, para eso era una e-mujer, subida al carro de las nuevas tecnologías, en el vagón del conductor. Googleó "Adultos que se hacen pasar por bebés".

— ¡Ostras Pedrín!, ¡no me lo puedo creer!, ¡vaya por Dios!, ¿lo que nos quedará por ver!
— ¿Qué pasa Penélope? ¡¿dime qué has encontrado, que me tienes en ascuas?!

La cuestión no era baladí, Mr. Flanangan no era el único, según las informaciones aparecidas en la prensa neoyorkina, aquello era una epidemia, incluso un senador había tenido que llevar al congreso una propuesta para que se estudiara la trepidante escalada de ciudadanos americanos que se travestían en bebés y eran cuidados como niños pequeños.

Encontraron un reportaje en español que mostraba cómo un hombre obeso, vestido con pololos, bebía de un biberón mientras era cuidado por una amiga que le cambiaba incluso los pañales.

—Hay que tener estómago —exclamó Ulises.

Los fueron a buscar, normal, ya tardaban y con un ciego en la diada se puede uno pensar cualquier cosa, aunque cualquier cosa, como se comprobaba, podía pasar en cualquier sitio, sin necesidad de que el morador fuese invidente.

—Enseguida vamos, me estoy retocando el maquillaje.

Les dio para otros cinco minutos que invirtieron en preguntarse e investigar por qué, a grosso modo, alguien querría vestirse de rorro. Algunos de los protagonistas comentaban que era su momento de seguridad, de vuelta a la infancia, donde el individuo no tiene que preocuparse por nada, donde la familia, los padres, su casa, su cuna, su ropita, les mantenían confortable, lejos del estrés y los miedos derivados de la responsabilidad de sus trabajos exigentes. Otros en cambio confesaban abiertamente que era una actitud fetichista, una parafilia, relacionada con el morbo sexual, una fantasía que se podían permitir y se la permitían. ¿A qué grupo pertenecería el Director ejecutivo de la flamante publicación neoyorquina de trascendencia internacional?

Salieron del baño y se dirigieron al "hall", iban cuchicheando por lo bajini, cuando llegaron a la gran sala, todos se volvieron a mirarlos.

— ¿Están bien?
—Perfectamente, arreglitos de última hora, las chicas somos así —y se integraron nuevamente en la conversación.

Pasaron una tarde muy agradable y entretenida, se contaron anécdotas de alto copete y Ulises tuvo que relatar su naufragio en las costas italianas. Cuando se marchaban, Penélope se volvió y le preguntó a Dereck qué número de pie calzaba, el diez (o sea, el cuarenta y cuatro en europeo).

***

Un mes más tarde, Mr. Flanangan regresaba de su oficina en el Civic Center cuando al entrar en el edificio, el conserje le entregó un paquete.

—Viene de España.
—¡Oh!, gracias —se lo puso debajo del brazo y subió en el ascensor que tenía acceso directo al ático.

Al entrar en casa, saludó a su asistente, se sirvió un gran vaso de Perrier bien fría con una rodaja de limón y sin hielo –por supuesto –. Se sentó en la terraza, en una cómoda "chaise longe" tan inmaculada como el puf del cuarto de baño. Puso el agua carbonatada encima de una mesita auxiliar, de aluminio blanco luminoso y metacrilato. Relajado, se dispuso a abrir el paquete, ya se había percatado de que el remitente era el matrimonio español tan particular e interesante que había invitado hacía un mes. Rompió el papel y se encontró con una nota manuscrita:

Estimado Dereck, le agradecemos enormemente su invitación, fue un almuerzo y sobremesa muy divertidos y serios, pues el antónimo de divertido no es serio, sino aburrido. Conocimos a personas influyentes e interesantes y quedamos impresionados con su dominio de las artes de vanguardia. Tras llegar a España hemos rememorado varias veces aquella experiencia por lo que hemos decidido mandarle este detalle con todo nuestro cariño; los hace Antonia, la madre de Ulises.

El Director ejecutivo de la flamante publicación neoyorkina de trascendencia internacional abrió la caja que sustentaba la nota, la cara se le iluminó, eran una auténtica maravilla, dos patucos de crochet, del número cuarenta y cuatro, de lana celeste, con un botoncito al lado y delante unos ojitos, boquita y bigotes de gato, se los puso enseguida y sonrió, feliz, relajado.

No Volvió

Mis quince coordenadas situaron a Alfredo en una dimensión donde las operaciones intracraneales no eran invasivas. Me hace ilusión pensar que todo salió bien.

"La esclava de Odiseo"

*A Garbiñe Larrazábal, presidenta de AMUM, mujer
de carácter, comprometida, entregada y muy,
muy tolerante,
presupuesto innegable para la eterna juventud.*

Hace diez años que acabó la batalla, veinte desde que mi amo se embarcó rumbo a Troya: diez de asedio, una victoria y diez de espera. La vida no es tan larga para desperdiciar los decenios. "Los hombres se van a la guerra para probar su valor y lo único que prueban es nuestra paciencia". Mientras, la mujer, espera que en el mundo ocurra algo de lo que no será partícipe pero de lo que seguro será víctima. Si el marido perece en la lid, la esposa correrá con su parte de dolor, sin haber intervenido en absoluto en esa contienda, no solo la ausencia, total, de eso ya tiene a sacos, de cambio de estatus, de nuevas situaciones sociales, nuevas bodas, nuevos maridos, nuevos amos, ¿qué puede decidir una mujer sobre su vida?

Ahí estuvo Penélope, deshaciendo el tapiz que había tejido durante todo el día, la esposa de Odiseo, el Ulises de los mares, ese hombre que con su genialidad contribuyó a la victoria en Troya, diez años, de asedio a la ciudad, y tuvo la ocurrencia de construir un caballo cancerígeno que albergaba en su interior las células de la derrota troyana. Bien, se supone que diez años es suficiente, pues no, otros diez ha tardado en regresar junto a su mujer, está viejo, gastado, harto de mundo, se ve que ha aprovechado su camino a Ítaca, ella también está envejecida, ha sufrido mucho, ha aguantado mucho, espera y sordidez. Las costumbres le obligaban a recibir a esos pretendientes buitrógenos, ávidos del botín carnal aderezado con las riquezas del rey, hambrientos por hacerse con ese sexo olvidado que mi señora porta como el que porta el apéndice, sin sentido, sin sentirlo, muerto de puro, duro y frío sufrimiento.

***

Mi padre era un poeta, se deleitaba en su villa de la isla de Cypria, entre cultivos de olivo y vid, rodeados por el olor enquistado de las cabras y ovejas que nos abastecían de carne eventualmente y de quesos a diario. En las tardes de verano, mientras las chicharras rompían la quietud con su estridencia monótona, mi amado progenitor desgranaba versos chorreantes de olores y sabores de la tierra. En sus tiempos mozos, fue un conquistador, su verbo fácil y musical le sirvió para acercarse a las mujeres más bellas de los contornos, les regalaba el oído y ellas aceptaban su compañía. Su mente práctica y libre de supersticiones lo convertía en un hombre sereno, sin miedo. Con la edad y la pérdida por la muerte de mi madre, se volvió más hogareño y su universo poético se redujo a las alabanzas de la naturaleza más palpable, la que disfrutaba a diario, movido por su pensamiento pragmático que le hacía disfrutar de lo que posesionaba en la vida. Nuestros días transcurrían con la quietud que permite saborear los segundos, las rimas, la conversación pausada e inteligente, recurríamos a las historias antiguas, al sentido común que envuelve al hombre apegado a su tierra, éramos visitados por los vecinos, que traían y llevaban, ya unas frutas exquisitas de sus huertos, ya un vino especiado en casa, así como cualquier plato cocinado con el reposo y los ingredientes más cercanos y exquisitos. No sé qué es la felicidad, pero sí sé lo que es la plenitud, fueron esos momentos de reposo en casa de mi padre.

***

Odiseo formaba parte del ejército que conquistó mi ciudad, así, por la fuerza, nos instaron a rendirnos, ¿por qué?, ¡si estábamos en nuestro hogar!, era nuestra tierra, cuatro generaciones que recordáramos, habían cuidado los olivos de la colina donde se situaba la casa, ¡porque sí!, porque así eran los griegos, porque los hombres dedicaban su vida a perderla mientras las mujeres dedicaban la suya a esperar a que la perdieran, mientras, cultivaban y criaban a los hijos. Ellos, unas veces vencían, otras, eran arrasados y así se sucedían generaciones de hombres que rara vez llegaban a los cuarenta. En aquella ocasión nos invadieron, se quedaron con nuestras tierras y nos esclavizaron como castigo a no habernos entregado ante su sola imagen de invencibilidad. Por ese motivo, estoy lavando la ropa de este desecho de hombre, lo que ha quedado de diez años de asedio, una victoria y diez años de naveganzas camino de Ítaca.

***

Las personas son animales débiles, pocas tienen la fortaleza de mi padre, ante lo que no se explican, ante lo que les perturba, se inventan mitos, legendas, crean seres sobrenaturales a quien culpar de los acontecimientos vitales. Ahí tenemos al retornado Odiseo relatando a su estoica esposa e hijo las desgracias y el sufrimientos acaecidos en estos últimos lustros, me pregunto si él mismo se cree lo que cuenta, Cíclopes, Poseidón enardecido, sirenas a las que se resistió, ¿o no?, ¡Circe!, con la que tuvo que yacer, coitus compellus, obligado y reiterado y contado y recreado….. y finalmente Atenea que no tenía otra ocupación en el Olimpo de los dioses que estar siguiendo las andanzas del crápula de mi amo. Diez años en atravesar el Egeo, tan perdido que acabó en Ogigia, casi en el océano Atlántico, ¡vaya navegante de pacotilla! Penélope no debe aceptar esa patraña, mi señora me saca de quicio, siete años amancebado con la hija de un titán, una ninfa, y le da crédito como si dijera que ha visto a la mujer del arconte con cintas rojas en el pelo, claro que ¿qué opción tiene?, ¿se enfrenta a él?, ¿lo humilla ante su hijo y su pueblo?, mi ama es consecuencia de su tiempo, admite que su marido ha optado por ella en detrimento de su inmortalidad, admira a ese artrítico esposo que la sitúa en posición de reina estable y la aleja de ese ir y venir de pretendientes que tanto la han perturbado en los últimos años.

***

La esclavitud es un concepto que no solo se circunscribe a esa palabra, yo soy una esclava, he sido arrebatada, desarraigada, extirpada de mi pueblo, de mi padre, ¡pobre hombre!, no ha sobrevivido a tremendo consanguíneo dolor, me han obligado a servir a una familia, limpio, cocino, lavo su ropa, soy como invisible, por eso me escapo, cada día me escapo, me evado, regreso a los trigales acariciados por las brisas que vienen del mar, ideo nuevas conversaciones con mi padre y sus amigos, disiento, apostillo, me equivoco, me desnudo y me revuelco en el prado verde, húmedo y cálido, impregnada de olores a lavanda y margaritas, jugueteo con mis senos, les permito expresar su ímpetu, mis manos recorren caminos subterráneos de gozo exclusivo de mujeres libres, sin prohibiciones supersticiosas, disfruto de mi alma, de mi materia como quien se detiene en el deleite de saborear zarzamoras al amanecer, en el mismo nivel de consciencia los considero. Así, me observo y me exploro, así, descubro que mi esclavitud no es absoluta, me comparo, y aprecio otras formas de cautiverio, la convención social, el matrimonio, las creencias, las costumbres, el sometimiento, el "respeto", el deber de reinar, la soledad y la presión del líder, ¿se siente patético el Odiseo al oírse a sí mismo?

Podría intentar huir, ya lo he pensado, pero de qué y hacia dónde, no llegaría lejos, además ese lejos tampoco me haría más libre, otro trabajo, otros amos, otros maridos-amos, otros hijos-amos, otros vecinos-amos, otras creencias-amo, otras tradiciones-amo, aquí no hay ningún ser emancipado, todos estamos estúpidamente supeditados, al fin solo somos juguetes en manos de los dioses, o el ser humano está creando un mundo contra natura… Pero yo me escapo, cada día, sobre todo por las noches y vuelvo a mi Ítaca, esa Ítaca que sí merece la pena.

**

Reclinados o sentados en banquetas prorrogan el ágape de bienvenida, —estamos de enhorabuena, Ulises ha tenido a bien regresar a su casa –, se ha producido el paroxismo, el dispendio máximo, la comida ha sido "hesiódica", vino, leche de cabra y carne de toro, además, se ha servido una sopa de verduras y sémola, acompañada de kykea, digestivo y nutritivo; el "opson" también ha incluido leche cuajada, higos, carne de ganso, tortitas y miel. Más tarde, en la Libación se han servido vinos de Rodas en esquifos de metal labrado, la misma Penélope se encargaba de señalar la proporción de agua que interesaba poner al vino para el progreso adecuado de la conversación, –claro que conversación, lo que se dice conversación, ha habido poca, las penurias, la coerción, los duros trabajos que ha tenido que sufrir mi señora, por culpa de un marido ausente, no parecen gesta digna de relatarse con grandes ademanes ante las bocas "oadas" de los concurrentes –. Entre brindis y alardeos, el Odiseo sigue contándonos su gran fuerza y valor para salvar los obstáculos de "sexo fácil y aventura" que ha tenido que superar en sus diez años de navegación.

Estoy de pie, junto a una columna, soy invisible, solo cuando quieren que sirva más vino me hacen un seña, de forma parsimoniosa me acerco y lo hago, sin interrumpir la conversación, haciendo honor a mi cualidad de invisible. Sin embargo, soy yo, la que soy libre en mí, en mi pensamiento, en mi razonamiento, en mi posición, y la miro a ella, a la mujer de Odiseo, la resignada mujer del héroe, escuchando extasiada sus andanzas, sus pupilas se agrandan ante la intensidad del relato, su respiración se suspende, su mirada es sumisa, admirativa, de mascota perruna. Ulises vuelve a contar los siete años que vivió amancebado con Calipso, – ¡menudo sacrificio! –, y el esfuerzo que hizo para aceptar sus manjares, bebidas y lecho….

***

¡Es una micro expresión! ¡Sí, lo es! Ha apretado los dientes, estirado levemente los labios que se le han afilado, el pómulo izquierdo se ha contraído y ha arrugado ligeramente la nariz, un acto involuntario de desprecio. Se corrige enseguida, sin mucho esfuerzo, la costumbre del disimulo, el entrenamiento del ocultamiento de los sentimientos, por su propio bien. De repente levanta la cabeza, me mira, sostengo la mirada, nos miramos, nos miramos dentro, se produce otra microexpresión, una leve y rauda sonrisa de complicidad, me yergo desde mi poder, comprendiendo, por esa mirada, que Penélope es tan libre como yo.

Ignorando la Doma Natural

La hormiga cabalgó y cabalgó, fue elevada y descendida. Finalmente, ensangrentada y horrorizada bajó de la serreta del caballo del inconsciente maltratador de equinos.

Ulises y el misterio del Ajedrez

*A Josefina Arias, una de esas mujeres cuya edad
solo es una explicación de sus conocimientos.*

Las ideas preconcebidas nos pueden llevar a una percepción simplista de la realidad, aquí se demuestra que el estereotipo es apropiado para economizar en el proceso de conocimiento de nuestro medio pero ¿y si nuestro medio no es tan obvio como parece…?

***

Ulises baja cada día a hacer un poco de deporte con su perro-guía Argos, antes, se levanta a la voz de Carlos Herrera, el locutor de radio:

— ¡Arriba camastrones!

—Un ratito más —dice al unísono con Penélope, abrazándola en la tan común y nunca bien ponderada "postura del cuarenta y cuatro", ella ronronea como gata cariñosa.

Se dan un cuartito de hora de proximidad calinosa, indispensable para empezar un día con el convencimiento absoluto de estar tocados por la varita generosa de Dios, y se levantan, no sin antes dar dos toques afectuosos en la cocorota de Argos para que se espabile y reconozca que ha empezado su jornada laboral. Abre la ventana y deja entrar el aire saladito de la Sierra de las Nieves. El fresquito de la mañana lo espolea. Distingue los gorriones de los mirlos en plena apuesta anual por buscar madre para sus hijos, es muy curioso, todos los años lo mismo, se les alteran las hormonas y los biorritmos cuando empieza la primavera, sin necesitar almanaque ni agenda, – ¡igualito que los humanos, ja! –, que con tanto control del ecosistema ya no sabemos fisiológicamente si es verano o invierno, si tenemos hambre, miedo, estrés o necesidad de que nos pasen la manita por el lomo, hay que esperar la alarma del IPAD para conocer si toca y qué o quién toca.

Hoy al abrir la ventana le ha despertado, además de la calidez y el olor a azahar que de manera revolucionaria eclosiona en estas fechas, un zumbido, entre moscardón gordo y cortacésped que ha pasado cerca de la ventana. El momento se detuvo porque Penélope lo llamó desde la cocina para que hiciera el zumo, ya tenía puestas las pilas alcalinas, esa mujer era un rabo de lagartija, ya se había vestido, puesto el café y un potaje de habichuelas en la Termomix, para que estuviera listo y calentito cuando viniera de la reunión de la Plataforma del Voluntariado que preparaba una macrofiesta del deporte. Se sentaron y compartieron un desayuno lleno de insinuaciones sexuales veladas que eran la sal y pimienta de su relación de decenios.

—Come, ¡que no me comes naaada!.
—Si hay que comer yo ¡te lo como toooodo!
—¡Úntame la mermelada!
—Yo te unto todo lo que haya que untar.
   Y así "at infinitum". Ella salió de la casa, volando. Cuando iba a cerrar volvió a abrir y dijo:
— ¡Ulises, vete por la sombra!
— ¿Por qué?, no me va a hacer daño el sol en los ojos.
— ¡Porque los bombones al sol se derriten, ja! —cerró la puerta rápidamente y a ambos lados de ella se extendió una sonrisa socarrona y cómplice que les activó la dosis de endorfinas para buena parte de la mañana.

   Muy poco después Ulises marchaba a paso ligero regido por su perro, es importante forzar el ritmo cardíaco si se quiere seguir teniendo fondo y sudar un poquito, se lo había recomendado su médico de cabecera, es que los ciegos, como controlan muy poco espacio necesitan un empujoncito para hacer deporte. Muchos días iba caminando hasta el club social de la urbanización, dando un rodeo por el hoyo nueve, más de una vez lo habían puesto verde los golfistas porque cruzaba el campo con el lema de "yo no te veo, así que ten cuidado tú que me ves". El césped estaba recién cortado y olía a esa mezcla maravillosa de hierbas evaporadas por la calidez del solecito sureño que tantas ganas dan de perder la compostura y revolcarse en la alfombra herbácea, acompañado a ser posible. En más de una ocasión los dos protagonistas habían jugado a hacer la croqueta en el hoyo tres, donde había una lomita parecida a la de los Teletubbies, era superdivertido por irreverente, incluso habían llevado amigos, de estos con trabajos serios a despiporrarse en el montículo, aunque algunos no conseguían vencer el miedo al ridículo, una lástima.

Llegó al Club y lo saludaron varias personas, Ricardo Espinosa de los Monteros, el ex-embajador en Turquía que jugaba y vencía como era habitual al pobre Manolo Suárez, el empresario del mármol almeriense, inventor del Silexrock, con el que se habían pavimentado la mitad de los edificios del boom inmobiliario, un hombre hecho a sí mismo que no había tenido oportunidad de estudiar en la Sorbonne pero que tenía la vejez asegurada y mucho mundo. Se pasaban horas hablando, la partida era en teoría lo de menos, normalmente la aplazaban, jugaban sin límite de tiempo mientras se contaban batallitas y anécdotas de las que se reían en do mayor, el diplomático llevaba a gala y a veces lo sacaba a pasear:

— ¡Marmolero, no ganas una, a ver si te concentras, que ya me das pena!

La verdad es que los dos jugaban bien, pero Manolo un poco peor y era verdad que se distraía y se le iban los fanales a las señoras que pasaban por la terraza camino del gimnasio o de la pista de pádel. Estos dos eran asiduos al club, luego estaba una ingente cantidad de deportistas que iban y venían según sus horarios de trabajo o de pista, unas señoras que jugaban al bridge y Dña. Sagrario, una abuela con rodete que se pasaba el tiempo sentada cerca de una ventana con una sonrisa amable mientras hacía uno del derecho y otro del revés en su labor de punto, tejiendo chaquetas de lana para los abuelos que Las Hermanitas de los Pobre cuidaban en Ronda, sabiendo que a mitad del invierno se les acababa el presupuesto para calefacción y pasaban frío del serrano.

Ulises se sentó junto a ellos, lo hacía de forma habitual, le interesaba su conversación y al parecer a ellos la suya y como tenían la delicadeza de cantar las partidas, las disfrutaba en vivo y en directo, otras veces jugaba con ellos. Sin embargo, el ajedrez no era lo suyo. En el colegio Vicente Mosquete, los demás chicos invidentes también practicaban, había algunos muy buenos, pero para eso se necesita mucha concentración y Ulises se distraía con cualquier cosa, ponía el radar, escuchaba todas las conversaciones, algunas se las inventaba, se imaginaba cómo eran físicamente esas personas, fantaseaba con su carácter a través de la modularidad de la voz, de sus inflexiones, en fin, que entraba en Babia y disfrutaba como un cochinito en un charco.

—Caballo F3
—Alfil B5

Penélope regresó de su reunión muy contenta, los eventos marchaban, ya estaban organizados los enclaves para las pruebas deportivas, la base de datos para tirar de voluntarios, solo quedaba asignarlos según edad y preferencias. Se sentó y pidió un agua con gas y una jarrita de zumo de limón, venía acalorada pues había dejado el coche en el garaje de los apartamentos y había subido el hoyo nueve a ritmo ligero. A Ulises le encantaba estar con ella, era el complemento perfecto para su radar, muchas veces no necesitaba ni decirle lo que le interesaba que le detallase, ella lo conocía y le describía los gestos, la comunicación no verbal, lo que no suena.

Ricardo Espinosa estaba "gracioso", alardeando de su facilidad para ganar todas las partidas.

—Si es que no se puede aguantar, soy el mejor del club, qué digo del club, de toda la Costa del Sol, ¡del mundo de los diplomáticos!

—contó que en una ocasión jugaba con blancas, tenía la partida ganada, pero el giro de la situación y de la conveniencia para la buena marcha de las relaciones internacionales, le obligaron a cometer dos errores inocentes de pre-mini-infantil que dieron la victoria a un presidente centroamericano con una espita de petróleo lista para ser abierta o cerrarla, dependiendo del estado de ánimo que circundara su figura oronda tras la partida en cuestión. Al terminar, se sintió tan vencedor, tan a gusto con su vida que nos abrió el grifo y tuvimos una temporadita de bajada de precios de los hidrocarburos. Luego volvieron a subir, ¡tampoco hago milagros!

Acabaron riendo en do mayor para no perder la costumbre, las señoras que estaban tomando té en la terraza se volvieron, casi todas con una sonrisa, pero una como si le hubieran clavado un aguijón, era Guillermina Pérez de Prada, una señora muy culta y muy bien relacionada pero que se escandalizaba por todo, haciendo que los demás se sintieran mal o inadecuados para la situación. Ulises es inmune a sus juicios, como no le ve su cara de acelga mustia, se lo evita y Penélope se lo evita también, ojos que no ven, corazón "happy flower".

— ¡Jaque Mate!, ¡toma Ricardo por chulito de playa, que ya me tienes hasta el gorro, te chinchas señor embajador, qué ganas te tenía, me estabas machacando so capullo!
— ¿Cómo?, ¿en tres movimientos?, ¿tú has dormido con Kaspárov o qué?
—No siempre vas a ganar tú, a ver si te crees que solo los diplomáticos son inteligentes, los del mármol perduramos en el tiempo, ¡a ver!, chulito, ¿tú sabes cuántos años tiene la Victoria de Samotracia…?
—Sí. Uhm…
—Más de dos mil y es de mármol, ¡¡¡de mármol, chaval!!! —Dio rienda suelta a su algazara y empezó a contar que cada vez que visitaba París se iba al Louvre para darse el gusto de ver la citada escultura desde las salas de abajo, alzada hasta el rellano de una

escalera e izada sobre un pedestal que recordaba la proa de un barco, majestuosa visión de la diosa Niké, la de la victoria, dos metros y medio de figura femenina alada, sin cabeza ni brazos, mármol blanco en movimiento, fascinante. El entorno, su ubicación, desde luego, es prodigiosa, las luces y sombras de las alas en la paredes posteriores hacían sentir la belleza, que no es una fruslería, la belleza y la sensibilidad son motivos para vivir, el deleite de los sentidos da significado a la vida, hay personas que no son conscientes y no hacen un pequeño esfuerzo en dirección a la estética y su entorno cotidiano es gris y lleno de mediocridad, la belleza está en el aire, en los olores, los colores, los sonidos, las formas, las texturas, las palabras y aunque su posesión mejora con el dinero no es imprescindible, el sentido de la estética puede se rústico, hay tanta belleza en una mesa de madera de castaño con unas amapolas recién cortadas, como en una chippendale con tulipanes negros recién traídos de Holanda, es el equilibrio, el conjunto, el detalle y el cuidado.

—La revancha, vamos con la de la revancha.
Empezaron una nueva partida y la volvieron a dejar sin acabar, era la hora del aperitivo, se unieron a los demás y pidieron dos Camparis. Todavía Manolo se jactaba de haber ganado la partida:
—Están cambiando las tornas.

Los jugadores de golf, otros deportes y los que habían vuelto de sus trabajos y negocios se fueron reuniendo en la terraza del bar, el ambiente se había animado sobremanera, el murmullo subía de tono, reviviendo las jugadas, contando anécdotas mezcladas con la situación política y económica, triunfaba el pajarito que le habla a Maduro imbuido por el espíritu de Chaves o los chistes que recorrían la red sobre la inteligencia de nuestro presidente del gobierno y el antecesor en el cargo.

Penélope y Ulises volvieron a casa acompañados por "El Marmolero" que vivía en su mismo edificio, en el ático contiguo. Se despidieron como casi cada día sin más tribulación, estaban jubilados y la jubilación es para eso, no para andar pasando penalidades rogando a Dios no morirte en una lista de espera mientras te toca el turno de tu cirugía. Efectivamente, nuestro pseudohéroe es un jubilado privilegiado, su empresa, la ONCE, cotizó por él todo lo que debía y ahora goza de una vejez tranquila en materia económica, que no en otras, como ya sabréis.

Esa tarde fueron a ver una obra surrealista, "Esperando a Godot" de Beckett, un evento organizado por la Delegación de Cultura para celebrar el día del teatro, la verdad es que se divirtieron pero la obra era difícil de coger, un humor absurdo, extravagante, no se atrevían ni a decirlo, claro, estaban con la intelectualidad de la ciudad y quedaba mal admitir que no les había llenado, quizás el guiño a la esclavitud, pero es que el esclavo daban ganas de venderlo de desagradable y violento, comentaron que parecía imposible que este autor fuese amigo de James Joyce, aunque pensándolo mejor, seguro que se complementaban, también pudiera ser que la culpa la tuviera Ulises pues no veía la interpretación física del actor, aunque Penélope tampoco se mostró entusiasta. Por lo menos, se reencontraron con muchos amigos adeptos a estos saraos culturetas, aunque Marbella es muy grande, los que se encuentran siempre son los mismos, supongo que eso ocurre también con los aficionados al motocross, habitualmente serán los mismos, se encontrarán en sus eventos haciendo ese ruido infame y dando por saco a los pobres senderistas y a los animalitos del monte.

A las doce de la mañana habían recorrido más de siete kilómetros, dejaron el coche en el Coral Beach, marcharon hasta el Don Pepe y vuelta, estos son los días ventajosos en que su mujer no tiene que hacer ningún trabajo fuera de casa, se levantan, abre la ventana –por cierto, que de nuevo volvió a escuchar el moscardón motórico –, hace el zumo, ella el café, deja planteada la comida, mientras, Ulises hace la cama, recogen un poco y ya están los dos disfrutando del día, podríase pensar que son unos abusones del

"Viva la Vida" y es verdad, tienen una teoría, "si Dios nos ha puesto aquí para que vivamos, sería una falta de respeto no hacerlo", con esa excusa intentan no perderse ni una, si los invitan a la exposición con catering de unos Toros esculpidos en Piedra, allí van, que los llaman a la presentación del libro de un líder político lejano a sus bases, ellos van, algo aprenderán y algo disfrutarán, conocerán a gente, se reencontrarán con otras, en fin que cuando no acuden a algún evento es que no pueden de verdad, que ya se hallan en otro sitio, porque como dice Pe "el don de la ubicuidad aún no lo controlamos y mira que practicamos, pero nada…"

Llegaron al club y se encontraron a los protagonistas en plena discusión:

—Esto es muy raro Manolo, ¡¿otra vez me ganas en tres movimientos?! No sé, ¿tú no estarás estudiando ajedrez o algo?

—Algunos no saben admitir la derrota, yo como soy del Atlético, sé ganar porque sé perder, otros se apuntan siempre a caballo ganador y así luego los palos "son mu duros Ricardo, que no estás entrenao pa perder" eso es porque eres del Barça.

Enseguida comenzó a relatar los orígenes de su fortuna, allí por los años ochenta, cuando se dedicaba solo a extraer el mármol de Macael, la mano de obra estaba carísima, las máquinas que se necesitaban, ¡una burrada! y además se extraía poco material útil para las losas de mármol o encimeras, la mayoría eran piezas pequeñas que no valían para nada, fue cuando pensó en triturar los desechos y mezclarlos con resinas, tuvo que probar muchas, para tintar o para no hacerlo, para endurecer y no fragilizar, pero al final salió el Silexrock, ¡el pelotazo, oiga!, se vendió como rosquillas por sus cualidades, versatilidad y precio.

— ¡Ahora mírame, aquí estoy, dándole matarile a todo un exembajador-exganador de ajedrez! —, eso dijo mientras Ricardo hacía un rictus entre doloroso y dramatizado.

Empezaron otra partida pero igualmente fue aplazada ante la promesa inminente de un buen Campari con rodajita de naranja y hielo. Se les unieron las señoras del Bridge, Dña. Sagrario y algunos más, la conversación fue distendida entorno a cine americano-europeo-español, ya se sabe que en muchas ocasiones el cine de los EEUU es muy superficial, violento y se detiene poco en la psicología de los personajes, sin embargo, ha habido épocas gloriosas del cine de Hollywood con actrices desgarradoras como Bette Davis o Marlen Dietrich, con planos criminales, en los que se apreciaban los pensamientos de los protagonistas y ahora, también hay buen cine americano y muy malo de otros lugares, generalizar es terrible:

—Mira la pareja calé que ha abierto la pastelería en los locales de abajo del edificio principal, rompen el estereotipo a pedradas, trabajan todos los días, son los primeros en abrir en toda la urbanización, están limpios, son educados y a Penélope le hace mucha gracia cuando el marido se agacha a coger el pan del estante de abajo, porque a ese gitano de metro ochenta con pelo negro acaracolado se le ve la "hucha" y se nota que no le importa nada o no se da cuenta, así que a la panadería se va a por pan y a por una sonrisa. Nosotros le compramos todos los días —dijo el ciego mientras todos reían por la ocurrencia.

En esta dinámica de Ex-embajador derrotado se extendió toda la semana, era evidente que sucedía algo extraño, ni Ricardo se estaba alelando ni Manolo había recibido la visita de un ser extraterrestre que le había transferido sus capacidades intelectuales intergalácticas, pero la cuestión principal era que el Marmolero estaba aplastando a Don Ricardo y cada mañana al iniciar la partida, pin, pam, pum, en tres movimientos, jaque mate.

El Sábado por la noche acostumbraban a hacer un cinefórum, se reunían en alguna casa, cada uno llevaba algo de comer y algo de beber de manera que entre "uhmmm" qué rico y pasa el vinillo de

Ronda conseguían ver algunas películas muy sesudas, habían visionado "la Ola", "La Extraña Pasajera", "Her", "Qué bello es Vivir", "Undergound" y otras. Luego ya animados, extraían lo mejor y lo peor de cada film, aumentando progresivamente el nivel de ironía, de tal forma, que al final cada ocurrencia era apropiada para partirse de risa y salir de la reunión con tres litros más de capacidad pulmonar. Sin embargo, esa noche a Ulises le ocurrieron dos hechos que trastornaron el regular devenir del evento:

En primer lugar se le acercó Ricardo Espinosa de los Monteros que lo llevó hasta el cuarto de las escobas para pedir su intervención en lo que a él le parecía un hecho sumamente sospechoso, el hecho de que Manolo el Marmolero llevara dándole caña toda la semana, no habiendo conseguido ganarle ni una partida.
—Ni unas tristes tablas he hecho Ulises, esto no es normal.

Acto seguido y no menos perturbable fue el hecho de que Manolo Suárez entrara con él en el cuarto de baño y cerrara con pestillo,
—Manolo, no eres mi tipo, ¡pisha! —en realidad quería ir a verlo en el desayuno para contarle algo verdaderamente inusual que le estaba sucediendo.
—Está bien, pero trae tú los churros y ven temprano que hemos quedado a las diez para otra cosa.

A la mañana siguiente le contó que él tenía la costumbre de desayunar en su terraza, su esposa Isabelita Montero, le preparaba la mesa antes de irse al yoga a las ocho de la mañana, él seguía en la cama escuchando las primeras noticias de la mañana, se daba una ducha, calentaba el pan y el café y se dirigía al exterior, a la terraza, pero ¡oh! sorpresa, desde hacía una semana en la mesa aparecía un sobre y dentro, dobladito y con una académica caligrafía, en color verde, se encontraban tres fórmulas

—¡Fórmulas que son posiciones o movimientos de mi partida de ajedrez con el Ex-embajador "mosca cojonera", así que el primer día probé y le gané, el segundo igual y ahora no quiero dejar de ganar, me gustaría saber de dónde sale este sobre, pero a la vez no tengo ninguna gana, ojalá lo que se me aconseja en la nota se me ocurriera a mí, pero soy bastante más ceporro que esto, sé que no estoy ganando justamente, pero da ¡tanto gustito! verle la cara de perdedor a Ricardo que no me reprimo y cada día vuelvo a usar la información del nuevo sobre.

Ulises habló muy seriamente consigo mismo: —Esto es un misterio dentro de otro misterio, un problema resuelto dentro de lo que continúa siendo un interrogante porque, no sabemos cómo dar una respuesta racional al hecho de que Manolo vive en un ático cuyo único vecino, pared con pared, soy yo, que como veréis no estoy para saltar tapias sin ver lo que hay debajo, Penélope, mi compañera de piso sabe menos que yo de ajedrez, bueno, casi lo mismo, la mujer de Manolo, que está en su casa, ni sabe de ajedrez como para escribir movimientos ni frecuenta las partidas del Club y las señoras que nos ayudan en casa tampoco ven las partidas, por mucho que sepan de movimientos de piezas. Lo que nos lleva a dos interrogantes, ¿quién se pasa la mañana metido en la partida de estos dos cascarrabias?, ¿Quién tiene esos conocimientos de ajedrez? y principalmente ¿cómo le pone a Manolo la información en bandeja?

Después del desayuno con el vencedor semanal se fueron con el grupo de Mujeres en los Senderos a hacer una ruta por las montañas que protegen Marbella y que propician un microclima tan benigno, subieron hasta El Refugio del Juanar y dieron la vuelta a la montaña saliendo por el sendero de José Lima.

—Hace años hicimos esta ruta y me pareció complicado por los cortes y los barrancos, ahora lo encuentro más de nivel medio —

hablándolo con Penélope llegaron a la conclusión de que las dificultades son relativas, de hecho después de aquella ruta habían hecho otras muchas y ante la variedad, se compara, se rebaja el nivel de dificultad y las capacidades que la persona tiene para enfrentarse a ellas se desarrollan, con lo que la impresión es que es más fácil.

El Lunes por la mañana se dirigió al Club, como era habitual cruzó el hoyo nueve y recibió los gritos de los horrorizados golfistas que temían dejarlo lelo de un golpe. Iba pensando, –¿quién está cada día en la sala de juego?, ¿quién conoce el ajedrez como para poder desarrollar un jaque mate en tres movimientos?, ¿quién puede poner una nota en la mesa de desayuno del ático del marmolero? –Ya casi lo tenía, le quedaba confirmarlo. Entró en la sala, saludó orbi et orbi y pensó: –mi hijo Telémaco se partiría de la risa, siempre lo hace, sobre todo en los lugares donde la gente pasa como zombies, sin hablarse, me encanta llegar a las carnicerías y saludar, ¡Buenos días! ¿Cómo va todo? algunos ni hablan se quedan conmocionados en su hábito individualista y solitario, otros saludan como reminiscencia de su recuerdo familiar cuando las madres les inducían a ser educados y saludar y responder a los mayores, yo me divierto muchísimo con el desconcierto que provoco, provocar es una de las cosa que más me gustan. Recuerdo que cuando nos casamos, a media carretera de la noche de bodas llamé a mi madre, mujer encantadora pero muy conservadora en cuestiones sexuales, la llamé para decirle que aquella noche Penélope y yo íbamos a hacer "chiquichiqui", fue divertidísimo oírla decir: —a mí no me cuentes esas cosas Ulises, qué poca vergüenza tienes…

Luego se acercó a los jugadores, Ricardo estaba que trinaba, Manolo se lo había vuelto a hacer, le había dado la puntilla en tres movimientos, los dejó en su trifulca y se acercó a Doña Sagrario.
— ¿Le importa que me siente con usted?
—Qué va, siéntese Ulíses, ¿cómo va la vida?

—Pues muy bien Doña Sagrario, cada vez me lo paso mejor, es que no pasa un día sin que uno se sorprenda y descubra acontecimientos divertidísimos, yendo al grano, ¿verdad que usted no trabajaba como secretaria en el departamento de defensa?
—Verdad

— ¿En el Centro Nacional de Inteligencia?
—Zsssi

— ¿Vehículos aéreos no tripulados?
—Experimentación y Diseño

— ¡Hay que ver lo asequible que se ha puesto el precio de los drones!
—Zsssi
—

— ¿El suyo tiene cámara y un accesorio en forma de pinzas?
—Uno de ellos.

—¿Y el ajedrez?
—Arturo Pomar.

— ¡¿El campeonísimo?!
—Sagrario Pomar de soltera, para servirle a Dios y usted.

— ¡Jajajajaj! —ahora los que reían en Do Mayor eran ellos, todo el mundo los miró, Guillermina Pérez de Prada lo hizo con evidente impertinencia…, ninguno de los dos lo advirtió.

Primeros Pasos Hacia la Poltrona

Dos políticos del mismo partido se reunieron para arreglar el mundo, uno murió envenenado, el otro arregló su mundo.

Mileva Maric

Para J. Correa, mi acicate,
mi turbina, gracias por ser tan
inteligente y sacar lo mejor de mí.

"La Teoría de la Relatividad General fue publicada en 1915 por "EseHombre", es la que reemplaza a la gravedad newtoniana, aunque coincide numéricamente con ella para campos gravitatorios débiles y "pequeñas" velocidades. La Teoría General se reduce a la Teoría Especial en ausencia de campos gravitatorios."

***

Hay algo que me reconcome desde que conocí a Mileva, era una abuela cínica y descarnada, me hacía pasar muy malos ratos, se suponía que debía enseñarme Física, para eso estaba yo en Zurich, mi padre se había empeñado en que completara el mapa familiar de saberes. Mis hermanos mayores se habían repartido la medicina, la arquitectura, el arte y a mí me habían tocado el estudio del comportamiento de la energía y la materia. Mi profesora vivía en un apartamento con vistas a la Universidad Politécnica, vivir es mucho decir, lo mejor de la casa era sin duda la panorámica, el olor a rancio te abofeteaba nada más abrir la puerta, el color desgastado de cortinas y muebles abatían los sentidos. Su actitud, su pose, hacían desear los estudios sobre Fisiología, Estructuras o la Sección áurea que les habían tocado en el prorrateo a mis fraternos parientes.

Era un misterio para mí, ¿cómo alguien tan mísero se podía permitir unos aposentos tan bien situados?

— Lo pagó el Nóbel —dijo un día mientras meditabunda hacía un enfoque circular del plano, luego se sentó y continuó con el Teorema Noether y Las Teorías de Invariantes Algebraicas. Sentí que esa inflexión podría ser el Hilo de Ariadna que me llevase a comprender el enigma de esa anormal anciana que dominaba las Ciencias Físicas con mayor profundidad y sentido que mis profesores de la Facultad. Mileva Maric, Mileva Maric, era un nombre Balcánico, ¿qué hacía aquí? tampoco era tan raro, a Suiza llegó un grupo ingente de personas antes y durante la II Guerra Mundial —virtudes de la neutralidad —pero no, hablaba alemán con total fluidez, seguro que había pasado allí gran parte de su vida.

***

"Emmy Noether –la del teorema –era hija de un matemático, la más brillante de todos sus hermanos, una clarividencia constante y machacona, trabajadora, genial, un talento de los que surgen pocos, era estupenda pero tenía vagina, sí vagina, y dos pechos. Esta falta de masa muscular en un emplazamiento y el exceso de glándulas mamarias en otro la invalidaban para su vocación algebraica. De joven tuvo que suplicar para que los que sí tenían el apéndice magro la dejasen estudiar, hubo un ingente número de manifestaciones al respecto, las más comunes bogaban porque "una mujer destrozaría el orden académico". En cuanto le permitieron acceder a la niversidad, acabó su doctorado en tres años, por encima denovecientos y pico compañeros todos favorecidos por la naturaleza con una prolongación. Para nada, luego, por culpa de la incapacidad provocada por sus ubres, no la dejaron enseñar como titular en ninguna universidad, pese a sus trabajos de investigación entre los que se encontraron herramientas algebraicas indispensables para que "EseHombre" redactara la Teoría de la Relatividad. La Noether sí que fue docente gracias a impartir sus clases a nombre de un compañero varón, un hombre valiente que la reconoció como una matemática excepcional, aunque no pudo hacer

más por ella, sin concepto de tiempo ni espacio como en una agujero negro, todo por sus protuberancias o su falta de ellas."

***

"El presupuesto básico de la teoría de la relatividad es que la localización de los sucesos físicos, tanto en el tiempo como en el espacio, son relativos al estado de movimiento del observador: así, la longitud de un objeto en movimiento o el instante en que algo sucede, a diferencia de lo que acontece en mecánica newtoniana, no son invariantes absolutos, de tal manera que diferentes observadores en movimiento relativo entre sí diferirían respecto a ellos, las longitudes y los intervalos temporales, en relatividad son relativos y no absolutos.

Igual que las distancias entre las personas y sus objetivos, si eras "EseHombre" o si eras Mileva Maric o Emmy Noether el trayecto era diferente, era relativo, dependía del movimiento que llevaran y ya se sabe que la "poitrine" es poco aerodinámica."

***

La invité a pasear, no salía nunca, ni siquiera le interesaba, lo más seguro es que viera en mí una vocación equivocada, aunque el error no lo tenía yo, sino mi padre, a mí me dabas una supernova en Piscis y en lugar de pensar en la fórmula matemática que me ayudara a simbolizar su estallido, imaginaba los seres que eran desplazados por la onda expansiva y cómo colonizaban otros mundos, enamorándose entre sí y apreciando los distintos aromas que los desconocidos clorofílicos emitirían para despertar las feromonas de su polinizadores.

Paseamos hasta el Parque Rechberg, allí, junto a un abeto alpino, nos sentamos, estaba acalorada, los años, la falta de costumbre, su pequeña cojera le hacían un penoso caminar. Por primera vez entreví su oculta humanidad, me miró y un rictus leve de agradecimiento se posó en sus surcos nasogerianos, fue directamente al grano y me preguntó sobre mi supuesta vocación científica, era audaz, había notado que aunque no estaba privado de capacidades intelectuales, lo cierto y fijo era que yo no estaba interesado en absoluto en las leyes de la Física, más bien en las formas físicas o en el físico de las formas. Me encantaba observar el comportamiento de las personas hasta un punto que perdía el horizonte y en mi ensoñación tomaban vida y obra, las hacía viajar por el mundo, enamorarse hasta perder el discernimiento, subir las montañas más escarpadas o naufragar en las islas más libertinas, así, difícilmente alcanzaría la suficiente concentración para resolver un problema terrenal, mi mundo era inventado. Ella me empujó, desde ese preciso instante me dirigió hacia la narrativa, aunque contentara a mi padre estudiando mi parte del mapa familiar, no debía dejar pasar la oportunidad de llenar páginas de peripecias que me hicieran vivir dos mil vidas en una.

***

"Plagio, ¿qué es un plagio?, plagiar es la acción de copiar en lo sustancial obras ajenas. ¿Supone entonces, como afirman muchos adeptos de lo apocalíptico que EseHombre cometió plagio? Es una cuestión peliaguda, sin duda Él utilizó información sustancial de obras ajenas, sin ir muy lejos, se nutrió de la Física de Poincaré y de Lorentz, sin duda usó las herramientas algebraicas de Emmy Noether y está claro como el agua que se valió de la clarividencia de su esposa con la que trabajó codo con codo, la olvidada y poco reconocida Mileva Maric, nunca fue tan genial y productivo como cuando estuvo con ella, juntos crearon el corpus de su éxito. Sin embargo, la sapiencia se cimenta sobre sí misma, todos los científicos estarían llamados al atrio del Plagio pues sus observaciones reúnen conocimientos recogidos anteriormente por otros estudiosos, ¿alguien cree que Newton hubiera podido redactar sus teorías sobre los movimientos de los cuerpos sin sus conocimientos anteriores, solo porque una manzana le golpeó la

"cocorota"?"

***

Me invitó a tomar un chocolate después de clase, confesó que era su único vicio, estaba buenísimo y sentaba de maravilla tras el esfuerzo termodinámico, iba perdiendo la severidad en progresión aritmética de constante dos, seguimos hablando de mí, de mis inquietudes y sueños, de mi particular manera de comprender el mundo, éramos un complemento perfecto, anciana ella, joven yo, pragmática-fantaseador, desencantada-entusiasmado... Esa extraña relación nos benefició sobremanera a ambos, dos años duró, murió en 1948, para mí fue una gran pérdida, era la persona más inteligente que había conocido en mi vida, mi catarsis, mi punto de inflexión. Escribo sobre ella y recuerdo su rostro severo, curtido en las batallas con la esquizofrenia, la que padecía su hijo Eduard, internado en una institución mental que acabó con lo que quedó del Nobel y la arrastró por los caminos de la docencia particular de alumnos mediocres como yo.

"Le dio todo el dinero del premio, siete años después de la separación, dos años después de haberse casado de nuevo, con su prima, ¿con su prima?, sí, con ella, le dio el dinero del premio, le dio el dinero del premio, ¿por qué le dio el premio?, bueno, en realidad, solo le dio la parte monetaria, el reconocimiento se lo que quedó él".

Después de aquella tarde, fueron numerosas las ocasiones en las que salimos a pasear en la medida de sus fuerzas y posteriormente nos premiábamos con uno de sus suculentos cacaos cremosos, compartimos anécdotas, la oí, la escuché, la comprendí, la aprecié, su semblante se relajaba conmigo, valoraba mi cerebro artístico, le conté, me contó, me descubrió, le puso nombre a mis pulsiones antes que yo mismo:

— ¿Eres homosexual?, ¿Te gustan los hombres?, ¿Has estado alguna vez con una mujer?, ¿Te has enamorado? —Las preguntas sirvieron mucho más que una aseveración, eran premisas que ni siquiera me había atrevido a plantearme, ¿Era invertido?, ¿Era yo, invertido?

***

Un día me enseñó un escrito que contenía las normas que EseHombre le había exigido para continuar con su convivencia, la que finalmente tuvo que ser suspendida, me pareció la obra de un sádico y si no juzga tú:

"Deberás limpiar mi habitación y mi ropa, prepararme tres comidas al día, no tocar mi escritorio, no tendrás relación personal conmigo a menos que sea un imperante social, no te sentarás a mi lado, ni pasearás junto a mí, no me hablarás si no te lo pido, no tendremos relaciones sexuales, abandonarás la habitación si te lo pido y no me reprocharás nada..."

Aguantó, lo siguió hasta Berlín pero fue espantoso, estaba sola, criando a sus hijos, sin actividad intelectual, dedicada a las tareas de la casa, a su ropa, atormentada por el paradero de su hija Lieserl, de la que se tuvo que deshacer por él, quedó embarazada dos años antes de casarse, hubiera sido un escándalo.

—Ahora, me gustaría tener a mi hija, algún afecto, mi hijo mayor vive en América y yo he perdido completamente la identidad.

Ya no quedaba nada de aquella mujer brillante que estudiaba codo con codo con EseHombre, tuvo que suspender su Doctorado, pasar a la sombra, amordazar su aportación y su inquietud entre gritos y barbitúricos, planchar su ropa, prepararle tres comidas, no hablarle, abandonar la habitación, helar sus impulsos sexuales...

—Me volví con mis hijos pero sin él, total, ya no estaba conmigo y yo me resigné a no estar con él…

**

Hay algo que me reconcome desde que conocí a Mileva y no es ningún dilema científico, es un dilema humano…

En casa de la Sta. Mantis Religiosa

—Siéntese por favor, póngase cómodo. ¿Quiere un culín de feromonas "on the rock"?

—Oh, sí, gracias.

—Suba por favor, rásqueme la espalda. Es usted encantador e irresistible.

— ¿Le parece bien así?

—Siga, siga, hágame el amor.

"Penélope Surrealista"

A José Luís Plaza Chillón,
erudito del arte,
conocedor de Lorca.

En realidad, el ser humano es un animal de lo más básico, le demos las vueltas que le demos siempre acabamos en la base de la Pirámide de Maslow.

Un día, se me acercó Penélope y a bocajarro me soltó que iba a hacer creaciones surrealistas. Ella siempre ha sido muy inquieta, lo mismo se sumerge durante meses en la literatura inglesa renacentista, que me hace visitar yacimientos arqueológicos fenicios y romanos de Andalucía o me arrastra a todos los museos de arte contemporáneo de los lugares que visitamos. A ver, que parece apasionante y realmente lo es, porque gracias a su pasión tengo una panorámica del mundo más culta, más amplia que la mayoría de los videntes pero a veces aturrulla. Sin embargo, el objeto de mis amores se sumerge en la investigación, toma notas, escribe artículos y luego cuando nos hallamos in situ, me describe lo que ve, más lo que ha aprendido, antecedentes históricos, organización social, descripción del objeto en cuestión y el estado en que se encuentra tras el paso del tiempo, los gamberros y la mala gestión de los ministerios y delegaciones de cultura. Lo hace como un torbellino, con pasión, es agotador pero ¡tan excitante…! En fin, que en esta ocasión tuve miedo de que fuese una obsesión patológica.

Ya llevaba unas semanas observándola, sí, observándola, que se puede observar sin ver, o al menos yo observo, me entero de todo, o casi, pongo el oído, relaciono información, valoro los tiempos, descifro los tonos de voz y el olfato, ¡ah!, el olfato es un "dispositivo" de entrada de los de gran valor y el tacto no digamos. Reconduciendo, que Penélope llegaba de sus talleres o de la compra, me saludaba con un besito de tornillo –las tradiciones son las tradiciones –cogía el Ipad, la libreta de notas, el lapicero, introducía en el buscador las palabras mágicas y escogía vídeos, así se pasaba los ratos viendo documentales sobre el Surrealismo, Dalí, Maruja Mayo, Leonora Carrington, Joan Miró, luego se pasó a la lectura, "El Manifisto Surrealista" de Breton, "El Psicoanálisis" o el periódico "El Surrealismo al Servicio de la Revolución". Cada vez hablaba menos y cuando lo hacía era para explicarme cómo estos históricos intelectuales habían desafiado las tradiciones, las técnicas, los temas, importando imágenes mecánicas de su subconsciente o creando arte alrededor de un objeto desubicado en su espacio y tiempo, todo ello desaforada, atropellándosele todas las palabras en la boca y todas las ideas haciéndole tapón en su hemisferio derecho.

Y de repente, una tarde, al regresar de mi paseo con Argos, mi perro-guía, me comunica que va a hacer collages de inspiración surrealista, al estilo de algunos de Max Ernst, con la idea de revolver el orden establecido, sin ahondar en su psique ni en sus sueños, provocar por demostrar que aunque siempre la realidad haya sido así no tiene por qué ser inamovible. Nada de pintura mecánica, ella quería montajes pensados, a la forma de Magritte, un ejecutivo con una manzana por cara, un vaso encima de un paraguas abierto, imágenes sorprendentes y excéntricas, una materialidad levemente fuera de control.

Penélope como ser pasional e inteligente, puso a funcionar su sistema de resolución de problemas y empezó por visitar a Pedrito. Pedrito mide un metro ochenta y está más cerca de los treinta que de los veinte, pero es el hijo de Pedro, el de Foto Jaén, total, que el diminutivo tiene la función de discriminar entre Pedros. Este mozalbete es una eminencia en el tratamiento de fotos, con programas como el Photoshop, Gesimag o el Élite. Ella ya llevaba varias ideas y él solo tuvo que resolver las cuestiones técnicas, se reunieron en tres ocasiones y posteriormente el Whatsapp fue suficiente para dar luz sobre detalles creativos.

Esos fueron los días que más me preocupó, aunque estaba radiante, se llevaba la cámara de fotos a la calle, regresaba excitada, movía muebles, hacía más fotos, luego se sentaba frente al ordenador y creaba sus composiciones, me sentí un poco solo y desplazado, pero solo a ratos porque cuando venía a mí estaba magnífica, me compensaba en calidad. Nunca me dijo qué estaba haciendo, quería que fuese una sorpresa para todos, que realmente nos sintiéramos inquietados por un mundo que no se sostiene en lo tradicional.

Finalmente me anunció que iba a exponer, había hablado con Francis de la Polaca,ya se habían expuesto allí otros collages, los de Juan "Lobo" López. Tres días que se pasó en la sala grande de arriba montando las obras, cuidando la iluminación, la música y los inciensos, los mismos que yo pasé abajo hablando con cuanto intelectual o amigo del arte pasaba por allí, Pedregosa, los poetas Urbanos, Regina Roman, Charito Olarte, Josefina Arias, Antonio Núñez, Germán, Nacho García-Valiño, Andrés Baena, Miguelón y hasta la autoridad competente del ramo, Carmen Díaz.

El día de la presentación Penélope me invitó a un pase privado, solos ella y yo, subimos por la estrecha escalera del bar, el establecimiento es una casa del casco antiguo. Pasamos la puerta que está justo enfrente del rellano, entramos en una sala mediana, quizás de cuatro por ocho metros, con una barra estilosa, muy retro y vintage como el resto de la decoración. La exposición se extendía a través de tres de las paredes, empezamos por la de la derecha, nos acercamos y me hizo tocar un marco sin decoraciones en relieve, así eran todos. Me fue describiendo obra por obra:

—En esta encontramos un fondo neutro, sin figuras ni diferencias de tonalidad, en el centro del cuadro se encuentra una cama, que reconocí como la propia, grande, madera dura de caoba, cuatro columnas salomónicas en los vértices, toda vestida de blanco inmaculado, con sábanas de hilo Richelieu. La almohada aparecía sosteniendo la cabeza de una sardina arqueada por fresca, era plateada y reluciente, el cuerpo se extendía y la cola quedaba donde normalmente están mis pies.

—Pues, sí que inquieta, Penélope.

—La segunda es una provocación, lo mismo acabo como Salman Rushdie, buscado y amenazado de muerte por su "Versos Satánicos" —me estaba asustando.

—Se trata de una pata de jamón de la sierra de Aracena, de las estilizadas y la pezuña bien negra, colgada de una percha de madera, presidiendo una real jaima en pleno desierto, el fondo no es importante, digamos que podría ser la misma arena, el horizonte y un cielo azul uniforme.

—No sé, ¿no te parece que puede ser ofensivo?

—Yo no pretendo ofender, ni llegar al alma, simplemente quiero hacer pensar, para que se comprenda que lo que creemos imposible no lo es y ni eso, con que suelten una carcajada, ¡yo me he divertido muchísimos con mis propias ocurrencias!

La tercera era un fondo crepúsculo marino, tres cuarto de cielo y uno de mar, sosegados ambos, casi irreales. Como posada en la línea del horizonte se encontraba una mesa camilla, pequeña, de las de rincón, con sus enaguas de chenilla y su pañito de crochet cuadrado, lo que le hacía una caída en picos sobre la mesa circular. Encima, con la esbeltez y la elegancia de los cristales de la Granja se encontraba un jarrón, trasparente, de porte distinguido y dentro, una cala maravillosa y espigada junto con dos paletillas de cordero cuidadosamente situadas para equilibrar la composición.

—Te has quedado muy callado, ¿Qué te parece?

—Si lo que quieres es sobrecoger, conmigo lo estás logrando, Penélope, no sé ni qué decir.

— ¿No te gusta?

—No se trata de eso, es que hay algo incómodo en tus ideas.

—Pues entonces vamos bien.

Así fue pormenorizando uno a uno todos los montajes hasta el último que lo tituló "Esto no es un Ejecutivo", era un señor con su traje sastre, le sentaba de maravilla, ni una arruga, con caída de pantalón impecable y largo irreprochable, me dijo que en realidad escondía el deseado cuerpo de Pierce Brosnan. Sin embargo, en la cara tenía una manzana recubierta de caramelo, sostenida por un palo, roja, deliciosa…—Penélope la saboreaba mientras la describía.

—Cariño, ¿tú estás segura de que tu subconsciente no ha tenido nada que ver con tu creación?

—No lo he pretendido, solo poner objetos fuera de su sitio.

—No sé dónde he leído que la creación es imaginación y la imaginación sale de las tripas del inconsciente —dije.

—Pues suena bien, ¿Por qué lo dices?

—Sin ánimo de molestar. Penélope, ¡por favor, deja la dieta!

La cadencia del mundo

Escondida tras una tapia disolvió el "ligao" moviendo con la aguja
el fondo de la cuchara, se remangó el brazo izquierdo, se hizo un
torniquete y bombeó para hacer sus venas más prominentes…
…como ayer, como mañana...

"La Secta"

*A José Miguel Cuevas Barranquero,
lo que sé de sectas, poco o mucho,
lo he aprendido de ti.*

WHO

Me llamo Patricia Remes y vivo recluida en mi casa de Mijas, un tercer piso sin ascensor del que me desahuciarán en breve, no tengo nada, ni siquiera fuerzas para limpiar, el desorden se acumula a mi alrededor, los objetos que me acompañaron en mis mejores momentos y otros que encontré tirados en las basuras, me proporcionan un paisaje desastrado pero paisano, cotidiano, estable, mío y no contra mí. Salgo muy poco, cada vez estoy más torpe y me duele todo, las asistencias que me visitan han insinuado que puedo tener fibromialgia, yo no sé qué nombre ponerle, siento cada músculo de mi cuerpo y lo siento en forma de penalidad. Desde que salí de la cárcel solo hago estar sentada en este sillón y comer hidratos de carbono y grasas hasta verle el fondo a los paquetes, patatas fritas, galletas, chocolates, frutos secos, salado, dulce, dulce, salado, ni siquiera los saboreo, me pongo la tele y engullo calorías vacías con programas basura, así no pienso, hasta que pienso y me veo en mi decrepitud, en mi asquerosidad bulímica, me detesto y me pellizco, me golpeo, me castigo, me odio, no me quiero ni me gusto, tengo al enemigo aquí en mi ser.

WHY

Conocí a Patricia a través de mi amiga María Erdozain, yo era un estudiante de Teleco en aquellos tiempos, la verdad es que me gustaban las nuevas tecnologías, pero no se me daban bien las Matemáticas, fue una absurdez elegir esa carrera que me destrozaría la autoestima y que exigía de mí la dedicación que yo no estaba dispuesto a dar, porque no encontraba placer alguno en su estudio.

De todas formas, reincidí y me volví a matricular en primero, me costaba dar mi brazo a torcer, los compromisos derivados del gasto provocado en la convencional cuenta corriente de mis padres me hacían sentir obligado. Sin embargo, en casa el ambiente empezó a ponerse feo, mis padres y en especial mi madre me presionaba ante la evidencia de que yo no trabajaba lo que un alumno de esta ingeniería debiera, pero es que era una desmotivación tras otra, estaba claro que hubiera debido estudiar más , es que yo ya lo había hecho, más que en toda mi mediocre vida de alumno, noches sin dormir, eso sí, cuando se iban acercando los exámenes, en fin que volví a suspender Álgebra Lineal y Matemáticas Discretas, con tanto esfuerzo invertido…

Fue cuando miré en la web las calificaciones que un frío me colapsó la cabeza, no podía pensar, estaba en plena encrucijada sin saber qué hacer con mi vida desde el punto y hora que no me veía capaz de superar este obstáculo. Tambaleante, me vestí y salí a la calle, la voz de mi madre me perseguía martilleando en mi cabeza, poco a poco fui perdiendo contacto con la realidad, sentí un mareo y me senté en un banco, aturdido, con visión de tubo, no sé cuál será la sensación antes de la muerte, pero esta la sentí tan trascendental como si tuviera que pasar al otro lado y no pudiera soportar el miedo. Casualmente pasó por allí María, una compañera de instituto, una chica de buenos modales y hablar meloso, se sentó a mi lado y enseguida comprendió que me pasaba algo, yo tenía la mirada de los santos mártires, hablamos y poco a poco conseguí restablecer cierta calma, por lo menos para considerar mi marcha atrás en el túnel del paro cardíaco o el ictus fulminante al que me sentía abocado.

—Tú necesitas ayuda profesional, conozco una pedagoga que te puede ayudar a enfrentar tus estudios y a mejorar tu estado de ánimo —Y me presentó a Patricia.

La acogida fue sorprendente, en seguida sentí que me comprendía, no le importaba quedarse más tiempo trabajando en mis sesiones, todo junto a ella parecía ser más sencillo, posible, trabajamos sobre las causas de mi debilidad, de mi baja autoestima, Pronto pude estar seguro que era consecuencia de la imagen que de mí mismo me habían trasmitido mis padres, con sus reproches, insinuaciones. Cada vez estaba más incómodo en casa y más a gusto en el chalet de Patricia, allí había otros estudiantes con el mismo problema y nos ayudábamos. Un día decidí no volver más con ellos, me quedé con mi nueva familia y me propuse tener el mínimo contacto posible con la biológica.

Al llegar septiembre no me presenté a los exámenes, tampoco me matriculé en la facultad, siguiendo la pedagogía del grupo, me decanté por estudiar a distancia y así no tenía que estar en contacto con los convencionalismos universitarios, "elegí" la Licenciatura de Ingeniería Mecánica en la UNED, fue bastante conveniente pues así dejé de ver a mis compañeros que harían preguntas envenenadas sobre mi cambio de vida y si era eso lo que realmente me convenía. Estaba seguro de que sí, que ese era mi sitio, el lugar de mis deseos, la directora y el grupo de estudiantes formábamos ahora una gran familia, los de fuera no nos entendían y tenían un objetivo, destruir nuestra fuerza de grupo, porque habían perdido su poder sobre nosotros, así nuestra directora pedagógica nos lo hacía ver y tenía razón, en cuanto nos reuníamos con nuestros padres empezaban las críticas, hubo un momento que dejé de frecuentarlos a pesar de que mi madre insistía y a veces venía a la puerta del chalet y esperaba durante horas a que le permitieran visitarme.

Patricia nos hizo unos test psicológicos inequívocos, la mayoría de nosotros sufría una Neurosis de la Personalidad derivada de nuestro desarrollo con esa familia que nos manipulaba y no nos dejaba crecer, si no tomábamos un camino radicalmente opuesto, "si no nos tratábamos nuestra enfermedad mental acabaríamos drogados, tirados por las calles, como un desecho humano".

Empezamos por la alimentación, tomábamos solo verduras y frutas, para desintoxicarnos y así permitir que nuestros flujos de energía recorrieran nuestro cuerpo llenando de sabiduría cada espacio de él. No probábamos la carne, ni los azúcares, ni las grasas, los primeros días sentía mucha hambre, pero a partir del tercero ya no sufrí más, de hecho estaba en un estado de serenidad flotante, mi abstinencia reforzaba mi autoestima, el tratamiento empezaba a funcionar, si además le unías los madrugones y los largos momentos de meditación con músicas orientales, para hacer coincidir con ellas nuestras ondas cerebrales, estábamos como drogados pero sin sustancia, eso sí, tomábamos gran cantidad de tisanas para favorecer la función sanadora, limpiando los riñones, el hígado y el sistema digestivo.

Cada día nos levantábamos al alba, tras una infusión y una oración de enaltecimiento de la vida y el grupo, bajábamos al huerto a estar en contacto con la tierra, era una gracia de la naturaleza, permitirnos estar en su mismo círculo, todos los trabajos los realizábamos manualmente, no usábamos ningún producto químico, nuestra comunión con la tierra era de igual a igual, respetándola, presentándole nuestras consideraciones, agradeciendo los frutos con que nos obsequiaba.

HOW

Mi hijo Javier fue siempre un chico muy bueno, nunca hizo travesuras, no le gustaba salir, se pasaba el tiempo en su habitación, jugando con sus Madelmans y leyendo cómics. Cuando fue más mayor tampoco cambió mucho. Su adolescencia fue tranquila, me preocupaba un poco su falta de interés hacia otros niños, se recluía en su habitación tras venir del instituto y pasaba las horas estudiando y delante del ordenador. Trabajaba mucho pero se distraía con igual facilidad, muchas veces lo pillaba cambiando de página Web pero no me engañaba, ya sabía distinguir ese ruido nervioso, el cliqueo del ratón, el propio de jugar al League of Legends. Pasó el bachillerato de manera mediocre, no brillaba en matemáticas, sin embargo, tuvo la "feliz" ocurrencia de matricularse en ingeniería de Telecomunicaciones, una carrera para personas implicadas y motivadas que dedican su tiempo al completo, haciendo de ella su trabajo y su ocio.

Como ya preveíamos su padre y yo, tuvo que repetir primero, el ambiente en casa cada vez era peor, nosotros lo presionábamos para que estudiase, teníamos un miedo atroz a que desperdiciara su vida, veíamos que se iba a estrellar de nuevo, como así fue, pese a que estuvo el último mes recluido, no fue suficiente. Tomé el toro por los cuernos y lo acorralé, el día que le dieron la nota de Álgebra Lineal, estaba desencajado y yo me propuse que debía tomar una decisión para su futuro, o se entregaba por completo a la carrera o buscaba otro camino, lo que no podía hacer era seguir exprimiéndonos como a un limón, pagándole matrícula, libros, materiales y transporte,

— ¡Me estáis volviendo loco, encima del lío que tengo en la cabeza…! —Dio un portazo y se fue.

Ese día volvió tarde, contento, le habían recomendado una Pedagoga que le ayudaría a conformar su proyecto vital, iban a trabajar sus métodos de estudio, a mejorar su concentración, además solo tenía que pagarle lo que buenamente pudiera, nosotros también vimos un hilo de esperanza en ese escenario gris enmarcado por nuestra visión de tubo emocional. Sin embargo, según se sucedían las jornadas, percibíamos que nuestro hijo cada vez estaba más ajeno a nosotros, cuando intentábamos indagar, él se cerraba y cuando nos hablaba era para soltarnos una retahíla hiriente sobre nuestra responsabilidad a la hora de educarlo, nos hacía culpable de su falta de autoestima y de su indecisión, sacaba a relucir momentos pasados en los que veía malas intenciones que su padre y yo no recordábamos, como si se centrara en los errores que habíamos cometido y le encontrara un propósito malvado en ellos, cada vez pasaba menos tiempo con nosotros y un día dejó de venir también a dormir, luego me lo encontré en la calle pidiendo donativos para la Fundación Pedagógica Hermenéutica, además ofertaban cursos para conocerse a sí mismos y encontrar la serenidad, me trató fríamente y no me miró ni a los ojos.

<u>WHERE</u>

El comisario Garrigues me llamó a su despacho, teníamos un caso singular, diferentes familias habían denunciado el extraño comportamiento de una mujer que con la excusa de ayudar a sus hijos en sus estudios conseguía apartarlos de su familia, de sus amigos, de la universidad y sospechaban que pudiera haber un negocio encubierto pues los seguidores hacían constantes cuestaciones para mantener la casa de hermandad donde vivían. El problema era que habían mandado a unos agentes uniformados en reiteradas ocasiones y no habían podido encontrar hecho alguno contra la ley, todos los habitantes de la casa admitían estar allí por su propia iniciativa, que las denuncias partían de sus familias con las que habían tenido problemas por la imposibilidad de seguir manejando sus vidas y que eran muy felices, nunca se habían sentido mejor, los donativos se utilizaban para pagar los gastos de la asociación y tenían por objetivo enseñar a las personas a vivir más de acuerdo con los mandatos naturales, de hecho habían empezado a vestir con túnicas de algodón sin tintar y cabellos largos adornados con flores completaban un look corporativo.

En principio no se apreciaba ningún hecho delictivo, pero el Comisario acababa de venir de unas jornadas dirigidas por José M. Cuevas Barranquero, un profesor de la universidad de Málaga, experto en adiciones y autor de varios libros sobre abuso psicológico y sectas destructivas, el jefe apreció algunos paralelismos entre esta asociación y otras consideradas peligrosas, fue cuando decidió mandarme llamar.

—Necesitamos que te infiltres en la organización.

El Domingo 3 de Abril me acerqué a ellos, estaban en el paseo marítimo de Fuengirola, tenían armada una mesa caballete, con un mantel blanco cubierto con fotografías de su vida diaria en la casa de hermandad, compartiendo trabajo en la huerta, estudio en el gran salón, comiendo alegremente en la terraza, recibiendo clases de Patricia Remes. Parecían muy felices, desinhibidos, naturales, frescos, espontáneos y descomplicados, les dejé un donativo y me apunté a una de sus conferencias informativas sobre los cursos que prometían reconciliarme conmigo misma.

—Te va a encantar somos como una familia de verdad —me dijo Javier, uno de los integrantes del grupo.

El Miércoles a las cinco de la tarde me acerqué hasta el chalet de la Carretera de Coín, la cancela estaba abierta, el ambiente era festivo, todos sonreían y saludaban, Javier se acercó a mí y me presentó a varios compañeros, una chica de cabellos pajizos que idolatraba a la pedagoga, confesaba que si no hubiese sido por ella, en esos momentos estaría muerta, admitió que cuando llegó allí, ya no tenía motivos para vivir, también hablé con un treintañero que reconocía haber sido un calavera pero que su vida se había reconducido en la casa y un jovencito de menos de veinte años que había encontrado su familia de verdad, la que lo apoyaba y lo comprendía.

Un chico delgado y rasurado tocó una campanilla desde los escalones del porche, era la hora de la aparición estelar de la líder. Me llevaron casi en volandas, todos me sonreían, me mostraban sus muecas hermanas, empáticas. Sin darme cuenta me encontré en la Sala Grande, sentada en un lugar privilegiado, rodeada de comprensión y afecto, había otras tres personas que ese día también se presentaban por primera vez, igualmente sobreagasajados, de vez en cuando nos mirábamos con la simpatía del recelo inicial. Salió Patricia, alta, grande, con su pelo muy estirado hacia atrás, parecía una sacerdotisa, sus ojos grandes e intensos hacían pensar en una sabiduría cósmica, extraordinaria, nos saludó a todos e hizo especial mención a las personas que se acercaban a la casa por primera vez. Nos habló de las dificultades que el ser humano tiene derivadas de la complicación de una sociedad materialista afectada por el qué dirán y la falta de afectos, de la necesidad del desarrollo de la personalidad en un ambiente propicio y del descubrimiento de las habilidades personales cuyo desarrollo deben hacer disfrutar plenamente a las personas de sus vidas.

Posteriormente nos habló del día a día en la casa, del compañerismo, la consideración de los valores especiales de cada integrante, del contacto con la tierra, los alimentos libres de productos químicos que embrutecen los sentidos y del apoyo que ella como pedagoga y experta en desarrollo personal donaba a todos, en ese momento se pusieron todos los habitantes de la casa a aplaudirla y vitorearla, ella los aplacó suavemente con una modestia depurada.

Luego sirvieron una tisana y un pastel de zanahoria con estevia que no estaba mal, aunque posteriormente me di cuenta que solo se comía cuando había invitados y que la orondez de ella contrastaba significativamente con la delgadez de sus seguidores.

Pedí quedarme en la casa una semana para probar, aunque al final mi estancia duró casi dos meses, los últimos días, acompañada en todo momento. Creo que sospechaban de mis pequeñas ausencias para informar a mis superiores, probablemente ni se les pasó por la cabeza que pudiera ser policía, dado el estatus de endiosamiento en el que se encontraba Patricia, sin embargo, les debió parecer peligrosa la sola posibilidad de que se debilitaran mis vínculos al tener relación con otras personas, sobre todo mi familia y mis amigos.

WHAT

—Buenos días Inmaculada, necesito una orden para entrar en una casa, tengo pruebas de que se están cometiendo retenciones y abusos.

—Garrigues, ya te he dicho que me mandes un informe, el procedimiento normal para todas las órdenes.
—Te lo están preparando, pero mientras necesito que vayas firmando, tengo una inspectora infiltrada y lleva una semana sin comunicarse con nosotros.

Inmaculada Setién era la titular del juzgado de lo penal de Marbella desde cuya comisaría se estaba llevando el caso, yo no tenía por qué haber estado allí, como periodista no es habitual enterarse tan de primera mano de las noticias, pero es que la juez era mi tía y me había acercado al juzgado a recoger una copia del testamento de la abuela que había dejado de estar con nosotros hacía dos semanas. En fin, que hice como que no me enteraba, pero el manos libres me puso alerta y todo lo demás vino por añadidura pesquisidora. La verdad es que una orden para entrar en una casa donde se estaban produciendo abusos no era una novedad, pero el hecho de que hubiera una agente infiltrada me destelló en la curiosidad romántica del periodista de investigación que es motivo originario para entrar en la Facultad de Periodismo y motivo subsidiario de hartazgo por irreal y poco cotidiano, en realidad, me paso el día haciendo crónicas de cómo la alcaldesa o la delegada de la Junta de Andalucía inauguran unas jornadas, proyecto u obra, un aburrimiento desalentador. En este caso tuve suerte y el resultado fue esta nota de prensa:

"DESARTICULADA UNA ASOCIACIÓN SECTARIA EN MIJAS" Por Alberto Setién

En el día de ayer la Policía Nacional desarticuló una organización sectaria que manipulaba y abusaba de una treintena de jóvenes en el término municipal de Mijas.

A las dos y media de la tarde irrumpió un grupo especializado de la policía proveniente de Madrid en el chalet "Dewey" sita en el kilómetro cinco de la carretera de Fuengirola-Coín. La especial idiosincrasia del hecho hizo traer a estos especialistas ante el peligro de un suicidio colectivo, si el grupo se sentía acorralado por la autoridad. El asalto fue limpio y se consiguió inmovilizar a un tiempo a adeptos preferentes y a la líder del grupo con lo que los demás quedaron en las manos y cuidados de números y psicólogos de la policía.

La organización venía operando en la zona desde hacía tres años, se inició como un grupo de apoyo pedagógico, pero la líder fue adquiriendo poder sobre los adeptos, que la idolatraban, sometiéndose a sus consignas de aislamiento social y búsqueda de fondos.

La inspectora M.B.C estuvo infiltrada en la casa dos meses, durante los cuales, fue testigo de numerosas manipulaciones psicológicas y coacciones emotivas para que los adeptos continuaran en la secta y siguieran produciendo ingresos. En sus declaraciones, la policía nos contó que había presenciado situaciones de mucha tensión en las que, con una pose fría, Patricia Remes infundía miedo de perder el respaldo del grupo si alguno no se atenía a las normas de la hermandad, incluso hubo un episodio de malos tratos físicos contra una chica a la que descubrieron con unos caramelos escondidos, ya que una de las bases ideológicas del grupo era el escrupuloso control de la alimentación que debía consistir exclusivamente en vegetales, todos cultivados en el huerto, con la excusa de no sucumbir a la toxicidad de los productos que se comercializan y así, mantener el cuerpo libre para poder estar más cerca de "los principios de la tierra y el hombre", causa por la que presentaban evidentes indicios de desnutrición.

Según las declaraciones del experto en sectas y autor de varios libros sobre Abuso Psicológico José M. Cuevas Barranquero "a partir de ahora queda un trabajo ímprobo con estas personas pues adolecerán de culpabilidad, vergüenza, negación, autoestima baja y dificultad para reanudar sus relaciones familiares, de amistad y laborales".

Finalmente la líder fue trasladada a las dependencias policiales de Málaga entre gritos y lloros de sus seguidores.

España en el Mundial de Brasil

Un chileno empujó un balón que se estrelló contra la red de nuestra portería, otro chileno empujó el mismo balón que también se estrelló contra la red de nuestra portería. Fin

"RAPHAEL EN LA BANDA SONORA"

Para Reme Nieto, mi prima por mérito propio,
aquí está tu Raphael, te lo mereces
todo por cuidar así de mis tíos.

Banda Sonora:
"Me Estoy quedando Solo" de Raphael

"De tanto hablar contigo
se me quedó tu acento y de tanto escucharte,
me he quedado en silencio,
de reír tu sonrisa,
de callar tu silencio,
de mirar tu mirada,
de guardar tus secretos...."

Guardar tus secretos, guardar tus secretos, ¿Cómo guardar tus secretos?, hasta hace un mes no me fue difícil, ahora tengo miedo, esas ausencias, esos silencios, tu ropa manchada de sangre, tus ojos desorbitados, los indicios se acumulan. Eres un ser extraño, me pareciste irreal la primera vez que te vi, ahora tu belleza me resulta diabólica, intuyo que hay algo muy terrible en el fondo vidrioso de esas retinas retorcidas que callan por horas, ensimismadas y virulentas.

Marina trabajaba de noche. Cada día a las siete y media de la tarde se daba los últimos retoques, salía de casa y conducía su Seat Ibiza hasta Puerto Banús, saludaba a todos en el restaurante japonés y se ponía el uniforme de chica imprescindible, lo mismo limpiaba el pescado que las copas. Trabajaba para una empresa familiar y la economía de personal era lo primordial, había que servir para todo. A la una más o menos, salía del local precediendo a una fregona que la acompañaba hasta la puerta, quedándose inactiva hasta el día siguiente reposando sobre un cubo, justo detrás de la puerta.

Peter era un holandés afincado en la Costa del Sol, conoció a Marina en el trabajo, cuando ambos estaban contratados en el Hotel Las Brisas, ella, camarera de piso y él empleado de mantenimiento. Era rubio, alto, fuerte, exótico, callado, misterioso, sus ojos azul acero punzaban con frialdad, sin embargo ella se enamoró, quizás estaba muy sola, desde los 19 años no había vuelto a estar con ningún hombre, solo él, el que la dejó cruelmente por su mejor amiga, el que había sido el primero y el único, luego con sus treinta y cuatro, empezó a pensar que se le pasaba el tiempo y que no conseguiría tener una familia propia. Peter la miraba largamente, sin embargo, fue Marina la que dio el paso y propició la situación para empezar a verse. Pronto se fueron a vivir juntos. No parecía que hubiese un fuerte vínculo entre ellos, ni siquiera compartían hobbies, tampoco compartían tiempo. Ella lo justificó, él era extranjero, las personas de otros países no eran tan efusivas como los españoles, se lo repitió y repitió y estuvo a punto de creérselo.

Carmela Márquez bajó del AVE, consiguió poner sus dos pesadas maletas y su mochila en uno de los carritos de la Estación María Zambrano, fuera, en el aparcamiento, le esperaba otra policía, había contactado con ella por correo electrónico. Al saber que venía destinada a la Comisaría provincial de Málaga preguntó si alguien estaría dispuesto a compartir piso y le dieron el mail de la Oficial Campos, desde entonces habían hablado en varias ocasiones por teléfono y Whatsap. Márquez era especialista en homicidios, su formación era científica, de biología pasó a hacer el postgrado en Criminología y tras varios cursos monográficos y casos morrocotudos, se encontraba en condiciones de hacerse cargo de los episodios criminales más complejos. Era alta, morena, guapetona, de ojos grandes e inteligentes, fuerte y compacta.

***

Banda Sonora:
'Tu cuerpo: Mi Refugio y Mi Rincón' de Raphael

"…Si estuvieras aquí,
cualquier sitio sería mi hogar,
nuestra casa sería de espuma, de viento y de sal,
nuestras horas serían un beso hasta el amanecer.
Tu cuerpo: mi refugio y mi rincón
Tu cuerpo: mi refugio y mi rincón…"

El cuerpo de la chica apareció en el rincón de un solar despoblado, cercano al pueblo de Ojén, a pocos kilómetros de Marbella. La Patrulla Verde estaba haciendo su ronda por los carriles, vigilante, para persuadir de vertidos clandestinos, era una mala costumbre a erradicar, muchas personas hacían pequeñas obras y por no pagar a la empresa que se llevaba los escombros, los metían como podían en el coche y los dejaba en el monte, en el primer sitio que se les ocurría. Los agentes patrullaban habitualmente estos senderos y conocían palmo a palmo el terreno que protegían, en esta ocasión les llamó la atención una sección de tierra removida.

— ¿Qué guarrería habrán enterrado ahí?
—La última vez habían tirado un montón de litros de aceite de los que lubrican los ascensores.

Se acercaron y removieron un poco, se miraron y volvieron al coche a por la cámara de fotos:
— Efectivamente, aceite negro y quemado.
—Si la gente supiera lo que contamina este aceite no lo tiraría aquí, o serían malos, malos de condición.

De repente uno de los agentes se quedó mirando al infinito, a ese infinito que te impide comprender lo que tus ojos ven y tu cerebro no procesa. Allí, en un rincón de la parcela había un cuerpo, desnudo, herido, deshilvanado, muerto. Se acercaron para comprobar que una chica joven yacía en el suelo, víctima a todas luces de un homicidio. Sin tocar nada volvieron al coche y pusieron el hecho en conocimiento de sus superiores que trasladaron el hecho luctuoso a la Guardia Civil y la Policía Nacional.

A la inspectora Márquez le llevó tres cuartos de hora llegar al paraje donde se encontraba el cadáver, se presentó a los agentes de la Patrulla Verde, a los de la Guardia Civil que habían llegado con anticipación, ya que solo tenían que subir desde Marbella, y a sus compañeros de cuerpo destacados en la misma ciudad. Fue informada con los pocos datos que se conocían hasta el momento: Una joven, de unos 16 años había aparecido muerta con visibles signos de violencia, le sangraba la cabeza, estaba desnuda y parecía haber vomitado. El grupo de la científica se hizo cargo de la recolección de pruebas y llevaron el cuerpo al Instituto Anatómico Forense.

La policía empezó la investigación atendiendo las desapariciones denunciadas de los últimos días y pronto comprobaron que la joven era hija de unos odontólogos que tenían clínica en el Arroyo de la Miel, junto al Parque de Atracciones Tívoli World. La chica no había llegado a casa la noche anterior, un chalet nuevecito de la urbanización Costalita en Mijas Costa. Ante lo poco común del hecho, sus padres pusieron una denuncia a las siete de la mañana y súbitamente se encontraron en plena acción de reconocimiento de un pedazo ultrajado de su alma.

—Sí, es mi niña, ¿quién ha podido hacer algo así?, ¡¿cómo se lo voy a decir a su madre?!

La pobre madre esperaba en la puerta del laboratorio, con la esperanza suprema de que ese cuerpo no perteneciera a su sangre, oyó al marido gritar y desesperarse, empujó la puerta y ni los dos policías que la custodiaban pudieron evitar que viera el horror con sus propios ojos, su hija inerte, un trozo de carne desnuda, sin vida.

Márquez se situó a su lado, se identificó como la inspectora al mando y dijo:

—Tenemos a toda la policía y Guardia Civil de la provincia trabajando en el caso. —Dijo sabiendo que era lo único que podía dar algo de fuelle al dolor de unos padres. — ¿Quieren que llamemos a alguien?, ¿algún amigo?, ¿algún familiar?, mientras y sé que esto es muy duro, necesito que estén lúcidos y me ayuden a encontrar al responsable —los miraba a los ojos, hablando pausadamente, intentando captar su atención. —Ahora os haré unas preguntas y es importante que se centren para contestar, os necesitamos para la investigación. —Les sirvió un vaso de agua a cada uno e intentó hacerles hablar sobre su hija: ¿cuándo fue la última vez que tuvieron contacto con ella, a dónde iba, con quien, quiénes eran sus mejores amigas, qué hábitos tenía, si tenía novio, si lo había tenido....?

***

Banda Sonora:
"Yo Sigo Siendo Aquel" de Raphael

"…Yo sigo siendo aquel
que cuando muere el sol
la echa de menos
Yo sigo siendo aquel
que va dejando el alma entre sus besos
Yo sigo siendo aquel
que mira cada noche las estrellas
y siempre les pregunto
igual que tantas veces
si esta durmiendo ella…"

La inspectora Márquez recibió una llamada para comunicarle los resultados iniciales de la autopsia. La pobre chica, Leticia Obstroski había sido violada, golpeada en la cabeza y con posterioridad envenenada. Numerosos moretones en la parte interna de los muslos demostraban que había sido obligada a mantener relaciones sexuales, además, existían una cantidad ingente de muestras biológicas que estaban siendo comparadas en la pasarela de datos de la Interpol. En cuanto tuvieran una coincidencia, se pasaría a comprobar la identidad del sujeto en el país de origen de la primera muestra. Era necesario pues, que el agresor estuviera fichado, cuestión bastante posible ya que los agresores sexuales son, por lo habitual, reincidentes.

Los padres colaboraron en la medida de sus fuerzas, la mujer fue moderadamente sedada de forma que podía comunicarse sin accesos de histeria.

— Ayer por la tarde cogió el autobús para acercarse a Marbella, a la Escuela de idiomas, le habían dicho que era probable que pusieran el nivel superior en los estudios de Inglés, ella ya tiene, tenía..., el A2, pero no regresó —Lloró, con pena desconsolada, pero de forma mesurada, su marido la mantenía abrazada, herido de espanto e intentando proteger la parte de su familia que podría seguir dando algún sentido a su vida.

Familiares, amigos, profesores, compañeros, vecinos fueron investigados e interrogados, todos de manera protocolaria ya que no se encontró ningún motivo por el que alguien del entorno de Leticia pudiese haber hecho algo así. No encontraron el hilo.

—Mañana tendremos los resultados de las pruebas de ADN, esperemos que por ese camino lleguemos a alguna parte, por ahora, tengo que admitir que no tenemos ni una sola pista, es una familia normal y la chica, una buena chica —dijo la Inspectora Márquez en la reunión que el Comisario había convocado, apremiado por presiones políticas y periodísticas.

Sentadas en el sofá del apartamento, las dos policías comentaban el caso Obstroski, estaban cansadas, en particular Carmela que había entrevistado más de cien personas en cuatro días, algunas habían acudido a la comisaría y otras había preferido verlas en su ambiente. En sus manos, sendas copas de vino, un Hipatia, –excelente relación calidad-precio –Inés, la oficial, estaba muy orgullosa de haberlo descubierto y lo saboreaba a sorbitos pequeños para que no se le acabara, solo se permitían una copa que era la recomendación de los preparadores físicos del cuerpo.

Sonó el teléfono:

—Será mi madre —dijo Carmela —con tanto jaleo se me ha olvidado llamarla.

Pero no, era el Comisario:

—"Habemus" inculpado, un holandés, el ADN corresponde a un hombre que ya había cometido varios delitos de violación y que cumplió condena en Delft. Por lo visto, luego se trasladó a España y estamos intentando localizar su domicilio actual, la detención será esta noche.

—Estaré ahí en veinte minutos.

Banda Sonora:
'En Carne Viva' de Raphael

"…que tengo el corazón en carne viva
que yo podría morir, que estoy sin vida
que nada me interesa
que todo en mi es tristeza
sin ella, sin ella…

Marina y Peter tenían alquilado un escueto olivar con una pequeña casa de campo por encima del Hospital, en las afueras. Alrededor había otras parcelas domingueras y algunos chalets de extranjeros y veraneantes. Un buen número de policías de asalto subió por el carril de tierra, saltó la alambrada en un dos por tres. Derribó la puerta y detuvo al flamenco que dormía plácidamente junto a su esposa. Ambos fueron llevados a la comisaría, él taciturno, ella, como si hubiera visto un fantasma.

—Queda usted detenido por la violación y asesinato de Letizia Obstroski, puede guardar silencio, todo lo que diga...

—Y usted, señora, necesitamos que venga para declarar todo lo que sepa —, la policía científica se quedó en la casa buscando más pruebas incriminatorias.

— ¿Cómo puede ser? no entiendo nada, por favor que alguien me expli... —pobre mujer, pensaron todos.

Peter confesó, "cantó la Traviata", encontró a la chica en la parada del autobús y con la excusa de acercarla, ya que le cogía de camino, consiguió que entrara en el coche, siguió la autovía de Fuengirola. Fingiendo que una rueda había pinchado, paró el coche a la altura de los Monteros, allí a la derecha, entre los árboles, la redujo y la metió en el maletero, se la llevó a su casa donde la violó, le golpeó la cabeza cuando intentó escaparse y se durmió, estaba agotado. Al despertar y verla en el suelo del salón, la envolvió en una sábana la volvió a meter en el maletero y la dejó en un lugar en los campos de Ojén...

El traslado a la Prisión de Alahurín de la Torre se hizo por la tarde, un número ingente de amigos y familiares de la chica asesinada abarrotaban la puerta sur de la Comisaría y hubo que recurrir a la contención policial porque su instinto como masa era el de linchamiento.

El entierro de la muchacha fue multitudinario, los padres eran personas muy conocidas en la zona, con muchos pacientes satisfechos, colegas, vecinos, familiares y los propios de Leticia, cuyos amigos y compañeros lloraban víctimas de la conmoción. La Inspectora Márquez se situó en un segundo plano, con uniforme de gala, recibía las felicitaciones por la pronta resolución del caso, sonreía escasamente a los agradecidos, había algo que no le cuadraba. La verdadera causa de la muerte no había sido la agresión sexual, ni el golpe en la cabeza, la chica había muerto por una ingesta masiva de benzodiacepinas, el acusado admitió que se las suministró antes de dormirse, pero eso no era lo frecuente. –Ese comportamiento no es propio de un agresivo violador, los envenenamientos son más propios de las mujeres, y sin embargo…, el reo firmó la acusación completa –hablaba consigo misma.

Al atardecer se acercó al restaurante donde trabajaba la esposa del acusado, pidió hablar con el responsable de la cocina y conoció que la noche del asesinato salieron a las doce, una hora antes de lo normal, había una obra en la puerta del establecimiento que debía empezar a las doce para estar terminada por la mañana. —Así que ella llegó a casa antes de lo habitual —Márquez ya estaba conformando una maquiavélica idea de los hechos verídicos. Mandó traer de nuevo a la mujer.

— A ver señora, ¿dónde estaba usted la noche del asesinato a las doce y cuarto de la noche?
— ¿Toma usted tranquilizantes?
— ¿Sabía usted de las actividades de su marido?

Marina negó todo, sin embargo, empezaron a surgir pruebas incriminatorias, la prescripción médica del alprazolán, restos en la batidora del citado compuesto, numerosos retráctiles vacíos en una papelera de la urbanización que pegaba al carril de bajada de la casa, con sus posibles huellas dactilares...

Las técnicas de interrogatorio policial dieron sus frutos:

—Llegué a casa y me encontré a mi marido dormido junto a esa pequeña puta, ya había sucedido antes y de la misma forma no lo iba a permitir, vacié dos cajas de Trankimazín en la batidora, la miré, estaba desnuda, lista para quitarme a mi hombre, a dejarme sin mi hombre, ya me lo habían hecho antes, le puse un poco de zumo de manzana y lo batí, con el ruido, él ni se inmutó, estaba satisfecho, no de mí, sino de ella, que empezó a moverse, me acerqué, la tranquilicé, le dije que la ayudaría y le di de beber el batido de pastillas, vomitó pero le di más, la obligué, me manché de su asquerosa sangre, tardó un rato, pero la roba-esposos dejó de respirar, cogí mi bolso y me volví al coche, conduje hasta la playa y allí vi amanecer.

***

Desde la cárcel Peter pensaba en ella, en Marina, en el fondo vidrioso de esas retinas retorcidas que callaban por horas, ensimismadas y virulentas…
En la radio sonaba la:

<u>Banda Sonora:</u>
<u>'Detenedla ya' de Raphael</u>

"…Detenedla ya es una ladrona, detenedla ya
Detenedla ya es una ladrona, detenedla,
Que me ha robado el sueño de mis ojos
Y me dejado noches que no acaban…"

España en el Mundial de Sudáfrica

Un español empujó un balón que se estrelló contra la red de la portería del equipo contrincante, ningún otro español empujó el mismo balón que tampoco se estrelló contra la red de la portería del equipo contrincante.

El principio.

"Ulises y el Sireno de Getxo"

A Amelia, por tus años de respaldo y
por tantos ratos de conversación
divertida e inteligente.

Con nocturnidad, alevosía, premeditación y sorna, habían
establecido el protocolo de actuación. Primero y principal, localizar
una nao motora, no muy grande, no muy ruidosa, no muy pequeña.
Posteriormente, embutirse en los pasamontañas para no ser
reconocidos. Acto seguido, abordar el artefacto singlador y dirigirse
al puerto. Llegados a la escalerilla, echar el rezón y una amarra al
muelle. Cuatro, desembarcarían quedando sostenidos en un pretil de
menos de treinta centímetros, cual salamanquesas habilidosas.
Destornilladores poco fragorosos, de arriba abajo desmontarían los
listones de que se componía la figura del Sireno, descendiéndolos
hacia la motora. Una vez todas las piezas del macizo
quimérico dentro de la bañera, maniobra de evasión a poco gas pero
eso sí, con determinación. En la orilla de la playa de las Arenas
alijarían al rehén y lo envolverían en los plásticos "ad hoc", lo
transportarían a la duna predestinada y lo enterrarían…

Sacudiéndose la arena, montaron en la barca y se dispusieron a
devolverla, "aquí no ha pasao ná".

***

Día maravilloso en el sur, Marbella amanecía radiante, azul
intenso, el azul de los días soleados de invierno, ideal para estar con
sudadera y quedarse en camiseta mientras se mueve el esqueleto por
el Paseo Marítimo o se hacen unos hoyos, luego, volvértela a poner
cuando se descansa para el aperitivo, sobre todo a eso de la una de la

tarde, cuando entran las brisas del mar. Ulises estaba en la terraza de la Pesquera del Trocadero, oyendo relajadamente las olas, cortas, suaves y sintiendo los rayos de sol en la cara, se complementaba bien con Penélope y los demás amigos, como él era ciego, tenía la ventaja de no molestarle el sol de frente, así que se quedaba con el mejor sitio, el que le permitía disfrutar de la calidez del astro rey sin sus molestias. La conversación se animó, llegaron algunos de los vascos, es curioso porque los amigos euskaldunes tienen la agilidad mental de los gaditanos y es cosa que congratula porque no hay que explicarles los chistes. En fin, esta pareja está jubilada, docentes universitarios, pasan gran parte del año aquí, en realidad son tan de aquí como lo soy yo, que también soy adoptada. Como otros muchos, siguen las noticias de su lugar de origen y venían contando que habían secuestrado al Sireno de Getxo con cierto choteo. Nos explicaron que alguien había robado una obra de arte, de discutible buen gusto, sobre todo por su ubicación y ¡habían pedido un rescate por ella!

— ¡Glub! —fue el sonido interior de la glotis de Ulises.

***

El concurso GetxoPhotos se viene celebrando en la ciudad desde hace años, la idea es encontrar fotografías en lugares poco comunes para dialogar con el espectador y producir su inquietud. El Sireno, es obra de un argentino, que lo llamó el Sireno del Río de la Plata, claro que cuando se la compraron nuestros amigos vascuences, gracias a una transacción económica, empezó a ser de Getxo, ¡pero oiga!, ¡de Getxo de toda la vida! Mi madre cuenta que mi abuelo y mi tío contrataban a un marroquí para la caseta de feria, "El Moro de los Pinchitos", mi alumbradora en su "inocencia" le preguntó un día: — Y usted, ¿de dónde es? —a lo que el subestrechista contestó: — ¡Yo soy de "onde" como! —Ese día mi madre se hizo más sabia y consiguió un chascarrillo más para su acerbo educacional. Bueno, al

Sireno, el caso es que ganó el concurso, le compraron la foto al "ché" y la exhibían en el Puerto Viejo, un parche en mi opinión, piedra oscura, años, no veas los años, ¡es el Puerto Viejo, no te digo más! y una foto rectangular de tres metros por dos, con la parte de arriba desnudita de un señor recién salido de una revista de modas y con la parte de abajo del ombligo salido de la revista "Caza y Pesca", cuando la marea sube, el agüita va tapando la zona ictia y se ve al hombre, pero cuando la marea baja se ve al Sireno, los mejores días son los de temporal, porque no se ve "ná de ná".

***

—Agur, por favor que no se nos vea ni un trocito de piel, ¡como se entere mi padre, me mata!
—No te preocupes Idoia, estás bien camuflada y Koldo va a modificar la voz.
—Bueno empezamos, ¡silencio, rodamos, acción!

El vídeo que cuelgan en Youtube para hacerlo público, empieza con la grabación del hecho punible, la aproximación de la motora y el desmantelamiento del "corpus delicti", acto seguido, una encapuchada parodiando a un comando terrorista asume la autoría de los hechos, mientras, otros dos la escoltan armados con metralletas de colores a lo Ágata Ruíz de la Prada:

—Reivindicamos un debate del Plan General de Ordenación Urbana... para la devolución del Sireno, el Ayuntamiento ha de cumplir estas condiciones en el plazo de quince días. Primero: Comprometerse a no construir más edificios ni naves ni carreteras, hasta que no estén ocupadas las existentes, y Segundo: La distribución de mil retoños de árboles entre la población para que sean repobladas....

***

—Glub, glub —intentó tragar Ulises, Penélope, su esposa, presionó ligera pero intencionalmente su mano, recordaba perfectamente la tarde en que los sobrinos de los presentes vinieron a casa a merendar y a conocer al excéntrico detective-resolvedor-esclarecedor-ciego, Koldo y su novia Miren, dos universitarios que se quejaron de las aberraciones ecológicas que se estaban produciendo en su elitista ciudad. A Ulises le dio la vena revolucionaria y nos hizo cómplices, a toda la sociedad por nuestra pasividad:

—Si es que los universitarios ya no son como antes —Eso parecía cierto, nuestros jóvenes se habían conformado con lo que habíamos conseguido nosotros, lo encontraban cómodo —pero la juventud es tiempo de protesta, las sociedades deben evolucionar gracias a la fuerza y la insensatez de vosotros, ya se moderarán las ideas en la refriega social, en el contacto con otras edades evolutivas. ¡En fin, que os necesitamos, leches! —. A mi mente venían recuerdos universitarios de — ¡A las barricadas! y ¡Pásame el calimocho!

— ¿Pero qué podemos hacer nosotros?

—Yo no os digo que agredáis a nadie, ni mucho menos, pero algo simbólico…. como secuestrar una estatua o disfrazarla, obstaculizar la entrada de una discoteca con una concentración en bicis…, algo que os haga saltar a primera plana y tener oportunidad de ser oídos.

***

Vimos el vídeo en el Iphone del vasco, pobre hombre, sin saber que su sobrino estaba metido en el ajo, dos años de prisión, eso es lo que le podía caer a alguien por semejante delito y mi Ulises era cómplice intelectual, esto teníamos que arreglarlo:

—Maite guapa, ¿tú tienes el teléfono de tu sobrino, el que estuvo este verano en casa?—Me miró un poco extrañada, por lo que os dije de que hay vascos tan rápidos como un gaditano cualquiera, lo que decía la Jurado, que son "largos", mientras se ponía el dedo bajo el ojo con toda la intención, que se dan cuenta de "tó", creo que prefirió hacer como que no se enteraba de nada, me dio el teléfono y permaneció más meditabunda de lo normal hasta que nos separamos.

***

Al día siguiente apareció el Sireno desmontado junto a la casa del alcalde, envuelto en plástico y con grandes cantidades de arena. Llamaron a la puerta, era Maite con una bandeja de pasteles de Goyo para merendar, Ulises estaba eufórico, se había quitado un peso de encima, no menor que el de la tía del interfecto, hice té moruno y se pusieron los dos morados de confitería, yo no, como siempre, ¡lo comen ellos y lo engordo yo!

Diversificando lo laboral

Tengo hambre, ayer también tuve hambre, y anteayer y el otro. ¿Mañana? No, mañana no tendré hambre. Esto lo soluciono yo esta misma noche.

"A LA LIBERACIÓN"

A Don Ángel Gurrea, mi "Jefe" admirado
que tras estallarle una granada en ojos y manos,
leyó en braille "Los Episodios Nacionales".

Era un día muy especial, en la tribu me agasajaban, me cuidaban, me mimaban, era el centro de atención. Estaba muy contenta, la euforia me contagió, las golosinas me colmaron, me sentía mayor y querida. Luego llegó la noche a Kuria, me llevaron a una choza y me pintaron el cuerpo de blanco mientras comentaban lo orgullosa que se sentía mi familia por mi transición al mundo adulto, iba a poder conseguir un marido como debe ser, me sentí ilusionada por mi nuevo estatus.

Al amanecer me condujeron hasta la choza de Mamá Ginono, me pusieron en el suelo con las piernas abiertas, la tensión recorrió mi cuerpo, una mano implacable, una cuchilla ennegrecida, ese dolor intenso…

— ¡Chiiiis!, ¡Chissss! No grites, tu valor está en soportar el dolor, sé fuerte, esto es una bendición —lo decía mi propia madre.

Me desmayé, creo, ya no me acuerdo, sé que me cosieron todo, porque aparte del dolor, cuando desperté tenía una tremenda tirantez. Me toqué y distinguí hojas de plantas que actuaban como cataplasma. Sentí escalofríos y empecé a tiritar, se me iba la cabeza, la tenía ardiendo, volví a la inconsciencia.

—Hola guapa, soy Victoria la enfermera, estás en buenas manos, tienes una infección pero estás en el hospital, no te preocupes… te pondrás bien.

Me sentía muy débil, pero hablé todo lo que pude con ella y no era verdad que todas las mujeres tuvieran que pasar por esto, en Europa, en España, de donde ella procedía, las mujeres vivían enteras y se casaban, tenían hijos y disfrutan cuando los maridos se "lo" hacían. El padre de Victoria era ciego y a la vez prestigioso, jefe de la ONCE en Marbella. ¿Cómo podía ser un ciego importante? Me sentía dolorida, confundida, enfadada... ¿Qué he hecho yo para nacer aquí?

Desde ese momento tuve un solo objetivo en la vida, era preceptivo llegar a España, tenía que criar a mis hijos en un sitio donde los ciegos pudieran ser hombres importantes.

Lo que me costó llegar hasta aquí. Atravesé llanuras, montañas, lugares donde hacía mucho frío y se me partían los dedos de los pies, lugares donde el calor me abrasaba las plantas. Luego esperé y esperé hasta que un grupo de hombres y mujeres de distintos pueblos de África fuimos trasportados a través del mar hasta las costas de Motril. La de leña, bayas y caracoles que tuve que coger y vender en los poblados africanos para poder pagar el viaje.

Gracias a unos compatriotas tengo permiso de residencia, esto es un lugar extraño, con costumbres extrañas, con coches que van a toda velocidad, ¿te puedes creer que no tienen mandioca?, pero tienen patatas y arroz, los supermercados están llenos, en las casas hay grifos con agua y hay un lugar señalado con el mismo dibujo que llevaba Victoria en su ropa, la Cruz Roja, ahí estoy aprendiendo español, es difícil, pero ya, nada me asusta...

La desaparición

En el fondo de un cuenco de laca, reposaban resecos, los restos de un festín caníbal.

Ulises: El Misterioso Urolagniador

A mi hermano del Alma, por esas tardes de misterio
cuando nos perdíamos a propósito por el casco antiguo de Ubrique.

Marzo es agradable, la suave brisa del mar en esa época del año, se mete por la ropa, y te va despertando de los burdos tejidos del invierno, te sientes revivir, a mí me gusta pararme, deleitarme en esa sensación, creo que debe ser de lo que más eche de menos cuando sea toda alma. Estaba trabajando en la terraza, programando una actividad de generación de ideas para definir qué tipo de ciudad quieren nuestros vecinos, una iniciativa bien recibida por la asociación Marbella Activa, o eso esperaba, cuando tuve que ir a abrir la puerta…

—Ulises, hay una chica que pregunta por ti, es esa que conocimos en la fiesta de cumpleaños de Pitita Rodríguez en Olivia Valère. ¿Te acuerdas?, nos la presentó Correa el decorador, hablamos de hacer rutas senderistas por la Sierra de las Nieves y ella se sorprendió mucho de que tú, pudieras llevar el ritmo de las personas que ven.
— ¡Ah! Sí, sí, sí, me "acuerrrdo", una chica muy atenta e interesada en las estrategias de los ciegos. Pero, ¿qué le pasa?, ¿por qué precisamente quiere hablar conmigo?, anda dile que entre, ¿estoy presentable?
—Estás como un queso Ulises, ¡guapo con avaricia!, jejeje, ahora le digo que pase y os traigo un té moruno. —Le dije.

***

Matilde López de Cerradilla tiene una empresa de organización de eventos y promoción de locales de moda, alta, rubia, sospecho que teñida, ojos avellana y vestida a la última, muchas veces me pregunto cuánto dinero lleva Matilde encima. Matilde es un nombre que gusta o nó, dependiendo del estrato social de la portadora, si has nacido en las Tresmil y te llamas "la" Matilde, no puedes tener un nombre más cutre, pero si eres experta en márketing y te codeas con las élites culturales y económicas, entonces eres "in", lo que antes se decía "cool", lo más de lo más. Matilde ha venido en su Mini, una cosita monísima con la bandera Británica en el techo, parece un Sugus de Suchard, el coche, no ella, ella tiene unas piernas larguísimas y las sostiene sobre unas sandalias doradas con el empeine de pedrería, le sientan de miedo con una falda vaquera y una camisa blanca sensillísima, que debe costar un riñón, eso sí, la gargantilla es de Búlgary, ¡fijo! Voy a llevarles el té que ya ha reposado lo suyo.

***

—Fue en la Fiesta de Nochevieja —Estaba relatando que aquello era una melé de cuidado, la gente bailaba sobre las mesas, las chaquetas de mil euros revolcadas en un rincón, el champán corría de grupo en grupo, ella lo intercalaba —con agüita con gas que si no, se pierde el norte y se pone una muy malita, eso ya no le merece la pena, te pierdes los días siguientes a la "party" y no estoy dispuesta a malgastar la posibilidad de una buena ruta de senderismo.

Por fin fue al grano:
—Me senté un momentito para descansar, los tacones me traían frita, qué dura es la vida de la "fashion victim". Él, se sentó a mi lado, intercambiamos algunas frases de cortesía y nos volvimos a levantar para seguir bailando, me miraba a los ojos abduciéndome —recordó que la estaba derritiendo como un bombón Godiva, —¡jo!, la de tiempo que hacía que no sentía en su body la electricidad de apertura automática. —Ése había sido el flechazo más inesperado del mundo, conexión WIFI de mil megabytes por segundo — ¡Aquí siento plaza!, eso me dije a mí misma —, luego prosiguió con que ni corto ni perezoso, en la máxima intensidad de corriente, alterna-continua, continua-alterna, él se había abierto la cremallera del pantalón, sacado su increíble cosita e.... ¡hizo pis en ella! —En un primer momento me espanté un poco —reconoció, luego disfrutó de su agüita amarilla, de hecho no podía pensar en otra cosa. — ¡Ulises,

ayúdame!, mira, según el caudal decaía se fue quedando lívido, se guardó su "ya sabes", se tapó la cara y desapareció. Y hasta ahora.

— ¿Y quieres denunciarlo o algo?, después de dos meses y pico…
—No, qué va, es que no puedo dormir, no me quito esa imagen, te va a parecer raro pero lo quiero para mí —le había hecho sentir fogosa, galvánica. —Necesito más de eso y lo quiero para ayer. Por favor, encárgate de ello, sé que has tenido éxito en otras investigaciones bizarras.

***

La acompañé a la puerta, iba toda colorada, los ojos enrojecidos, la nariz moqueante, el rímel corrido, en fin, hecha un cromo. Ulises prometió ayudarla a encontrar al urolagniador, tendría que hacer memoria y crear una lista con todas las personas conocidas que estaban en el cotillón. El "coaching search" seguiría al día siguiente.

Mi marido estaba de pie, tras de mí, inquieto, esperando como el que espera eclosión parturienta, tecleé: "Lluvia Dorada", y me atropelló metiendo la cabeza como si fuese capaz de ver lo que ponía en la pantalla. Lo llamé al orden, es un apasionado, un ansioso, un "Culture Vulture", todo le interesa, a veces me supera con tanta ilusión. En fin que la Urolagnia es una parafilia, como ya pensábamos, son prácticas que producen placer a algunas persona y a otras, la mayoría, les horroriza, a mí, no es de las que más aversión me producen, eso no quiere decir que lo vaya a soportar, —Penélope corta "cosita" al meón, "so, be careful my friend", —los practicantes de esta parafilia se excitan miccionando sobre sus compañeros de cama, o recibiendo ese tibio líquido directamente del envase deseado, hay gente "pa tó".

— ¿Te acuerdas de Dereck Flanangan, Penélope? —Claro que me acordaba, era el ejecutivo aquel de una gran empresa de comunicación, el que nos invitó a su apartamento en Manhatan y acabamos regalándole unos patucos del número diez americano, porque se comportaba como un bebé cuando acababa su estresante trabajo, dormía en una cuna gigante, vestía con ropa enorme de bebé y tenía una cuidadora. Lo dicho, hay gente "pa tó".

Matilde trajo la lista, bajo las indicaciones de mi marido dibujó un plano de la sala de fiestas, situó a cada persona según el emplazamiento que ella recordaba y empezó a telefonearlos uno a uno, preguntándoles si se habían percatado quien era el tipo que bailó con ella la noche en cuestión, si lo conocían, les contaba que le gustaría volver a verlo, pero sin mencionar su "nefrólogo" vicio compartido. En el caso de que no lo conocieran o recordaran, les invitaba a sondear a las personas que le acompañaban y todos prometían darle alguna noticia si se producía alguna novedad. Según iba contactando con los asistentes a la fiesta, Matilde les iba poniendo un p de "phoned" y en dos días la relación estaba tristemente terminada, nadie sabía el nombre de esa persona, dos o tres aseguraron que indagarían a través de amigos de sus amigos.

Habiendo quemado estas naves, se dispusieron a crear una nueva armada. Decidieron poner anuncios en prensa y en las redes sociales, para ser compartido, como se hace con todas las frases que se le atribuyen a Paulo Coelho y que posiblemente este señor no ha dicho en su vida: "La posibilidad de realizar un sueño es lo que hace que la vida sea interesante", "Nunca desistas de un sueño. Solo trata de ver las señales que te lleven a él", "Algunas veces hay que decidirse entre una cosa a la que se está acostumbrado y otra que nos gustaría conocer"… Redactaron un llamamiento que les quedó de esta guisa:

"Te busco a ti, nos conocimos en la Fiesta de Nochevieja de la Dreamers en Marbella, eres alto, 1.85 más o menos, moreno, de unos 35 años, llevabas un esmoquin de terciopelo negro azulado, bailaste conmigo y me "mojastes", eso es lo que me gusta, aunque te avergüence, llámame no puedo dejar de pensar en ti"

Mientras se producía alguna novedad, tanto la pesquisidora como "mi hombre" se impacientaban, con un golpe de agilidad mental me acerqué a ellos e insinué que el parking de la Discoteca contaría con servicio de videovigilancia. —Síiii! —salió desgañitada de casa, arrastrando el bolso, según bajaba oí que se le caían las llaves del Mini al suelo, dos veces.

—Espero que se tranquilice y conduzca segura, me gustaría ver el final feliz de esta historia —murmuró Ulises.

Yo también lo esperaba. Menos mal que las grabaciones las guardaban más de mes en invierno, además, como a Matilde la conocía todo el mundo, el dueño de la disco y el jefe de seguridad, la dejaron pasar a la cabina y ver las archivos de la noche de marras.

02.37.46, esa hora exacta marcaba el crono digital cuando congeló la imagen.

— ¡Es él! —, se había bajado de un Land Rover Discovery color champán, con — ¡no me lo puedo creer, pero si es mi primo Borja! —Eso nos contó cuando llegó a casa. Articulaba peor que fatal, estaba fuera de sí, insegura, — ¡¿será posible que esta pedazo de mujer pueda tener estos temores?! —pensaba para mí misma. En fin, como pudimos, buscamos en la agenda de su móvil el teléfono del primo Borja, marcamos y nos contestó enseguida, contentísimo por la llamada de la jamona de su prima Matilde. Interrogado, cual terrorista, admitió conocer al susodicho que al parecer trabajaba en la construcción de un hiperpantano que abastecería a toda la campiña Subbética, Ingeniero de Caminos, Canales y Puertos, un cerebrito de esos que hay, este encima con gustos minoritarios.

En estos momentos, Borja lo está localizando, a ver si les organiza una cita a la luz de la luna, en el Victor Beach, por ejemplo, tiene que ser un lugar discreto, tranquilo y romántico y si la excitación apremia siempre pueden bajar a la playa y mojar y mojarse a gusto.

—Por cierto, soy Penélope y este guapo labrador es Argos, el perro-guía de Ulises.

Creciendo, Perdiendo

—¿Te acuerdas de aquello que nos contaban sobre un tal Ratón Pérez?

—Zsiiií.

—Pues tiene la misma veracidad que lo de Papá Noel y Los Reyes Magos.

Koenic

A mi madre, Ana Mª Moreno, por enseñarme que a la larga hace más feliz el reconocimiento de los nuestros que los placeres individuales.

Esta diminuta piedra de arsenolita acabará con mi existencia en este universo artificial, la pondré en mi boca y la haré bajar con esta asquerosa agua sintetizada a partir del líquido elemento que fluye junto a la nave en este planeta inhumano.

La arsenolita es un mineral que abunda aquí, lo puedes encontrar en el montículo que está frente al portalón principal, es bonito, en forma de octaedros, blando y muy soluble, a los pequeños les advertimos que no lo toquen, su polvillo es tóxico, a mí, ahora, estas características me resultan muy apropiadas, se disolverá pronto y todo habrá concluido.

Desde que ejecutaron al Corifeo, mi existencia no tiene sentido, he perdido la ilusión por vivir, no me merece la pena y la culpabilidad me oprime las entrañas. Cuando llegamos aquí, él y yo éramos jóvenes veinteañeros, la misión suponía una aventura y una esperanza para nuestro planeta, al borde del colapso por agotamiento. En la Tierra la temperatura se había elevado varios grados, el nivel de las aguas arrasó con ciudades importantes, el resto de la población se hacinaba en zonas a gran altura, Suiza y Nuevo México estaban en guerra con los inmigrantes que pretendía acceder a ellas a cualquier precio, aunque allí, la violencia, la escasez y las necesidades más elementales hacían del humano, un ser carroñero y deshumanizado.

La misión partió de la meseta española, en la que se fueron concentrando ingenieros, técnicos de la NASA, de la Agencia Espacial Europea, expertos nucleares provenientes de Irán, del

Roscosmos Ruso y una delegación China capaz de fabricar todo lo necesario para poner en órbita las naves y luego desplegarlas y unirlas para convertirlas en la base que habitamos. Un comité supuestamente ecuánime seleccionó a los colonizadores, a mí, me eligieron por tener el mejor expediente académico en materia de Psicología, Sociología y Antropología, también porque era mujer, fértil y supongo que por ser hija del primer ministro Sudafricano, fiel discípulo de Nelson Mandela.

Durante el viaje asesoré en materia de comportamiento, la convivencia en la nave fue dura pero ordenada, siempre estuvimos a las órdenes del comandante, no teníamos que pensar, ni opinar, las medidas a tomar en un estado de emergencia no se discuten en parlamento, hay tecnócratas que se encargan de su parcela y la dirección corre al mando de una autoridad indiscutible.

Al llegar, la continuidad fue dada por hecho, nadie se planteó cómo hacer las cosas, cada uno tenía una misión y el líder se fue perpetuando. El Kepler-230 es un planeta con atmósfera, aunque con una concentración de oxígeno más baja que la de la tierra, los trabajos en el exterior son muy penosos, cansados además de insalubres, el medio es ligeramente ácido, no demasiado pero lo suficiente para exponernos a tumores, los árboles y plantas que sembramos están creciendo aunque sus hojas son raquíticas en comparación con las que crecían en nuestro planeta, debemos seguir sembrando, es la forma de conseguir el sustento y de mejorar las condiciones exteriores.

Así hemos estado una década, construyendo un ecosistema amable al que le queda mucho por mejorar, de forma que hasta que no lo haga, hasta que no se pueda vivir en el exterior, debemos estar la mayor parte del tiempo en la base. Al principio, todo el mundo se ocupaba de sus tareas sin plantearse nada más, pero, al morir el comandante, los mandos decidieron investir a su hijo, un joven brillante, de formación militar, al que encumbraron y aislaron de la población, Hugo Sampora recibía la información que la oligarquía filtraba, le preparaban encuentros sexuales abotagadores, le servían bebidas estimulantes y lo hacían sentir un ser superior. Cada vez que salía de sus aposentos era aclamado por grupos preparados que gritaban su nombre. Perdió la conexión con la realidad, sin saberlo, se había convertido en un tirano, en su nombre se cometían un sinfín de tropelías que beneficiaban a la privilegiada casta de perpetuadores del líder.

Después del motín, me llamaron a la sala del Consejo, los nuevos mandatarios habían acordado hacer una evaluación psicológica del prisionero, ¿estaba cuerdo?, ¿sufría alguna patología?, el nuevo estado de derecho exigía un juicio justo para el ex-autócrata. Lo visité en numerosas ocasiones, había sido recluido en un espacio diminuto, apenas cabía un visitante, las paredes y los dos muebles, un lecho duro, del mismo material que las mamparas y un asiento, integrado en la estructura del habitáculo, como la cama, no era más que un saliente en esos muros de material porceláneo-plástico.

La primera vez lo encontré desorientado, en estado de shock, en ese estado al que la mente humana tiene a bien llevarnos, cuando el dolor es tan inmenso que no se puede resistir. Sus sentidos percibieron enseguida que había estado engañado, que su pueblo no era feliz y que él o en nombre de él había sido aplastado. Sin embargo, su mente se noqueó, era demasiado de golpe, comprender cuán equivocado había vivido y el daño que había producido por su irresponsabilidad fue intolerable y persistió varios días en su estado de conmoción.

En esos momentos, el informe psicológico para el Consejo hubiera contenido   información   suficiente   para   declarar   a   Hugo patológicamente perturbado pero tras la incredulidad pasó a la desesperación, se odiaba, se culpaba, su aspecto físico lucía muy demacrado, pasaba las noches sin dormir y se atormentaba por su inconsciencia, recordaba amargamente los días de placeres sexuales y elixires estupefacientes.

Pasadas dos semanas cayó en una depresión, no hablaba, no comía, ni siquiera levantaba la cabeza cuando llegaba yo. Me tuvo preocupada, pensé en medicarlo pero poco a poco se sentó, bebió agua y empezó a hablar, sus palabras eran de resignación, admitía sus errores y el mayor de ellos había sido, no tener capacidad crítica, dejarse manejar, haber sido un insensato, abandonarse a la egolatría.

El dictamen fue claro, no pude hacer otra cosa, el paciente no estaba loco, no había perdido crónicamente la conexión con la realidad, simplemente había estado haciendo un proceso de duelo, a eso es a lo que había asistido, a una persona que niega lo que está ocurriendo, luego se desespera, más tarde entra en depresión y posteriormente acepta, acepta su nueva situación, no sin el dolor que conlleva, es evidente.

Mi informe tuvo consecuencias, estaba claro, las que ellos tenían previstas, si Hugo estaba cuerdo, había cometido todas esas tropelías en plenas facultades, luego era un peligro para la comunidad, ergo fue condenado a muerte. La noticia se difundió por el canal audiovisual de la base, la condena estaba justificada por mi informe, así se dio a conocer a la población y a mí misma. De golpe me di cuenta de que había sido utilizada, aunque el líder era otro, supuestamente elegido democráticamente, los miembros del Consejo, la oligarquía era la misma, habían acallado a la masa, probablemente después de alentarla, porque… ¿quién había grabado a Hugo en plena bacanal rodeado de manjares y hembras dispuestas? Y más aún, ¿cómo se había permitido su difusión en el canal de la comunidad para soliviantar a las masas?

Subrepticiamente me dirigí al ala noble, conseguí llegar hasta la escotilla del nuevo líder, allí fui interceptada, grité para que me oyera aunque no creo que consiguiera perturbar ni una sola nota de la música diabólica que vibraba a través de los muros. Me llevaron al habitáculo del Primer Consejero, allí, expuse mis impresiones, me revelé, le grité y amenacé con hacer pública su estrategia, ni se inmutaron.

—Doctora Koenic sería mejor para usted que aceptase su situación, si de la depresión pasa a la desesperación una y otra vez no conseguirá superar estos acontecimientos.

Utilizaban mis propios conocimientos, era maquiavélico, aún así no les hice caso, salí del habitáculo y me dirigí a la sala central, reuní a un grupo de colonizadores, grité para que acudieran más, les expliqué lo ocurrido, nerviosa, fuera de mí, perdiendo a chorros credibilidad. El grupo se fue dispersando, no me creían y no me querían creer, acababan de salir de un conflicto, ¿quién quiere volver a iniciar una guerra cuando recién ha acabado otra?

Empezó a filtrarse un rumor, el hecho de que yo había sido convencida por el exlíder corrupto, que me había lavado el cerebro, que estaba enamorada, que mi discurso estaba escorado. Me di cuenta de que era apartada, era una consigna, nadie quería hablar conmigo, ¿pérdida de credibilidad?, ¿miedo a perder status en el orden establecido?, no sé, pero mi vida ya no merece la pena.

Siento dolor e impotencia, soy un ser social y aquí estoy sola, mi única compañía es esta conciencia que me tortura con ese maldito informe que acabó con la vida de Hugo, pienso que ni yo lo creí, él insistía e insistía en que todo se desencadenó cuando una de sus concubinas, la preferida, le habló de las violaciones y los estados de esclavitud de los colonos que pasaban horas en el exterior y estaban comidos de tumores. A mí me resultaba imposible creer que no estuviese al tanto de ello. En fin, cavó su propia tumbar al insistir en poder transitar libremente por la base y hablar con sus súbditos, se lo negaron, se reveló, pidió hacer uso de su poder y se vio ingenuamente en los monitores, humanamente vicioso, cruelmente insolidario. Cayó en la trampa y en su sufrimiento, se dio cuenta que nunca había sido libre, que había sido un espejismo en el guiñol de los poderosos.

Sesteando en el Sofá

Llamaron a la puerta. Entró una bellísima rubia. Lo miró con deseo. Cerró con el pié mientras dejaba caer su vaporoso vestido rojo. Delicadamente, prescindió de su ropa interior. Serpenteando, se arrodilló ante él.

Llamaron a la puerta. Llamaron a la puerta. Llamaron a la puerta…

Desde la cocina, con exasperación: —¡Manolo "pisha" abre la puerta!

Doña Sagrario Desaparece

*A Chipi Maldonado
Pomares, buena amiga,
de las que pasan a la acción cuando lo necesitas.
Un detalle importante de este relato está inspirado en su padre.*

Ajena por completo a las consecuencias de su furtiva actividad anual, cándida y despreocupada, mondó una a una y sin prisas las cuatro patatas que había sacado de la bolsa. Las compraba en el mercadillo ecológico de Coín, merecía la pena, se levantaba tempranito el domingo por la mañana, subía la carretera de Ojén y tras pasar Monda, enseguida se encontraba con la llanura rica y agrícola de los coínos. Ya en el mercadillo se podían comprar todo tipo de frutas y verduras, no de empresas distribuidoras, sino de los camperos de la zona, zanahorias de formas y tamaños heterogéneos, pimientos de varios colores, a veces en el mismo pimiento, manzanitas raquíticas con sabores supremos y patatas tan diferentes entre sí como un huevo y una castaña. Tras pelarlas las cortó en dados pequeños y las zambulló en el aceite de oliva que había puesto a calentar un buen rato antes, mientras, hizo miniaturas con una gran cebolla fresca, de las que dan gusto verlas. Realizó la misma operación con un pimiento de los de colores rojo-verde y lo depositó en la sartén junto con las patatas que ya estaban marchando. Un último toque, quitó la piel a un trozo de chorizo de Montejaque y lo adjuntó hecho miguitas. En la radio sonaba "I just call, to say , I Love you...", pero no era Steve Wonder, sino el Doctor Rodríguez Braun, con uno de sus acertijos mañaneros.

Batió seis huevos en un gran bol de acero inoxidable comprado en Ikea, más de una vez pensó que este cacharro le iba a sobrevivir, eso era seguro, irrompible, tendría que pasar una apisonadora por él o si era intención de acabar con su forma, se podría poner en el raíl de un tren, aunque ahora eso era más difícil, casi todos están vallados, cuando era pequeña Doña Sagrario y sus primos ponían monedas, una "gorda", tampoco era cuestión de que la diversión saliera cara, pasaba el tren y la dejaba hecha una oblea de metal, dudaba de que alguna vez se pudiera ver así de plano un bol del Ikea. Les unió las patatas, la cebolla, el pimiento y el chorizo bien escurrido de aceite y lo vertió para hacer una tortilla. Con la espumadera le iba dando en redondo a los bordes para que cogieran buena forma, cuando la creyó lo suficientemente cuajada por un lado , le dio la vuelta, le costó, pesaba un rato, siguió dando forma con su espumadera, la volvió una y otra vez más, pero sin dejar que se secara por dentro. La puso en un plato grande y la dejó enfriar.

***

— Buenos días Reina Mora, ¡qué carnecita más rica hija!, así da gusto despertarse, espérame un momentín que voy a ponerme irresistible —. Se levantó de un salto, entró en el cuarto de baño en suite, se lavó la cara, hizo gárgaras discretas con un colutorio de hierbabuena, se peinó y se puso un poco de Loewe 7, el pack completo del amante perfecto, limpito y apetecible…

Media hora más tarde estaban en la mesa de la terraza, con Argos a sus pies, relajados y sonrosados como bebés, bueno, como bebés…, no exactamente…

***

Doña Sagrario se estaba dando una ducha calentita, relajante, cerró el grifo, cogió la esponja con la mano izquierda y le vertió un buen chorro de gel dermatológicamente testado con pH neutro, que no es pH 5.5 como dicen algunos borricos negros, eso sería ácido, puesto que la escala de acidez-alcalinidad se mueve de cero a catorce, el peso de Hidrógeno que es lo que significa la sigla de marras, es lo que marca la diferencia y cuando tiene valor neutro quiere decir siete, el mismo que la piel humana. Sí, se estaba dando una ducha y cerró el grifo, ¿vale?, con la esponja empapada en gel suavito y perfumado, empezó a frotar cada centímetro cuadrado de su cuerpo, tampoco era tanto, nunca había sido grande, ni gorda, ni ancha y ahora, si se miraba bien, tenía menos carne que un "guiso de tornillos", además que la espalda estaba descartada, por mucho pilates que hiciera, desde que su Kimi no estaba, a la espalda, a la trastienda, solo podía llegar con un cepillo de mango largo. Mientras se masajeaba el pequeño y pelín arrugado abdomen sintió revivir las cosquillitas energizantes, prueba indiscutible de que estaba viva, recordó la primera vez con su hombre, menos mal que no los pillaron, sita en un laboratorio de La Dirección de Ciencia y Tecnología de la CIA en Langley.

Salío de la ducha, se pringó de aceite de almendras y posteriormente se secó con mucho cuidadito, sobre todo entre los dedos de los pies, una vez había visto un pié de atleta, un "fungus monstruosus", y comprendió que las peanas debían carecer de humedad donde se pudieran desarrollar semejante ser vivo. Cogió un vestidito, una rebeca, unos zapatos cómodos, extendió la Héliocare con un poco de color por su rostro, se pintó los labios con un rosa discreto y puso una nota de rímel negro en sus aún pobladas pestañas. Acto seguido se dirigió a la cocina, abrió la neverita pequeña, la de la playa, un regalo del BBVA para promocionar su fusión con Argentaria, que antes se había fusionado con Caja Postal y luego con el Banco Exterior, ahora creo que son el Santander, ¿o no?, la jubilada ya no sabía ni dónde tenía domiciliada la pensión. Metió dentro dos Alambra Reserva 1925 de 33 cl. y un tupper con aceitunas aloreñas. Lo puso junto con la tortilla, un pequeño mantel, el abridor y unos cubiertos en una cesta de mimbre comprada en el mercadillo de los lunes, una monada con flores de rafia bordadas en el centro geográfico. Cerró la puerta del 4º C, era un día especial, lo que ella misma no sabía era cuánto de especial.

***

Estaba bajando los cinco peldaños que separaban el portal del edificio de apartamentos del jardín cuando Penélope la vio, llevaba puesto un vestidito sencillo de flores pequeñitas, una calada rebeca verde sobre los hombros, trofeo de su último viaje a París, compradas en la mismísima rue Lafayette , el pelo recogido en un moño Grace, unas recatadas y perfectas perlas Del Mar de Cortés y unas manoletinas de seda verde hierba, preciosa adquisición por su comodidad así como por su vistosidad, la verdad es que la tienda donde las vendían era todo un espectáculo, es esa que viene del ayuntamiento hacía la Plaza Victoria, antes de la Fuente de las Ranas a mano derecha, el universo de la seda, merece la pena entrar aunque solo sea a tocar, o a alegrarte con esos colores puros y brillantes que superan a la Paroxetina con creces.

Pasó junto a Penélope y saludó:
—Adiós hermosa, nos vemos a la tres.
—Hasta luego Sagrario, qué mona te has puesto, "quien de verde se viste por guapa se tiene", luego hablamos —Penélope ultimaba con el conserje del edificio las instrucciones recibidas como presidenta de la comunidad de propietarios, no lo había elegido ella, ante la realidad de ausencia de candidatos, el administrador había propuesto que cada año ejerciera como tal un propietario, así que les había tocado a los del 5-B, la citada y su marido Ulises.

Al llegar al final de la vereda de losas de barro rojo giró a la derecha, camino del parking cubierto que flanqueaba la carretera de ascenso a La Quinta, subió a su Mini Cooper naranja metalizado y se pudo oír cómo se abría la cancela a control remoto, mientras, el coqueto vehículo rugía tímidamente al salir y notas del Canon de Pachelbel surgían del interior, era el primero de los cortes del CD de las mejores píldoras de música clásica de todos los tiempos, a Dña. Sagrario le encantaba, por eso nunca avanzaba y volvía a escucharlo desde el principio, de manera que como sus desplazamientos eran cortos solo tenía para El Canon, El Concierto para Clarinete en La Mayor de Mozart y el Ave María de Schubert, que tarareaba a voz en grito con la ventanilla abierta.

Habían quedado para el café de sobremesa, como cada año, tenían que reunir fondos para la Asociación de Mujeres Universitarias, todos los ingresos eran pocos, pues cuanto más contuviera la cuenta corriente, más chicas brillantes podían ser becadas para su primer curso en la universidad. Habían pensado en hacer un ciclo de conferencias con merienda posterior, donde todas aportaran alguna exquisitez, comida o bebida y los asistentes donaran una simbólica cantidad de cinco euros para el fondo mencionado.

Enfiló la carretera de Puerto Banús por el camino de la Urbanización Los Naranjos y se incorporó a la autovía. Los últimos acordes del Canon le hacían recordar con añoranza aquel compañero de viaje con el que tuvo la suerte de compartir gran parte de su vida, el finlandés que había conocido durante una comisión de servicio del Centro Nacional de Inteligencia, donde había invertido la mayor parte de su carrera profesional.

* * *

—Hasta luego, que tenga buena mañana —Penélope se despidió del conserje, Paco Ocete, un cincuentañero que formaba parte del paisaje cotidiano de la urbanización, de hecho llevaba allí más que ningún propietario o inquilino, lo había contratado la constructora de la urbanización, era un buen hombre, muy competente y aplicado, la mayoría de los vecinos le tenían dada una llave por si ocurría algo en la casa mientras ellos no estaban. Era muy competente, sí, pero de vez en cuando se tomaba "algo fresquito", ese de vez en cuando no era una dicotomía mensual, ni semanal, Paco se tomaba "algo fresquito" todos los días, la disyuntiva estaba en si antes o después del almuerzo, en fin que la mezcla de cafeína y elixir caribeño lo ponía chisposo, de lengua ágil y muy dado a meterse en todas las conversaciones, nada grave.

Lo dejó cambiando la bombilla de una farola del camino de entrada al edificio, subió a pie los tres pisos que la separaban de su apartamento, le gustaba mantenerse en forma y cualquier momento era apropiado para hacer un sobreesfuerzo que acelerase moderadamente su ritmo cardiaco. Usó su propia llave para entrar en casa, sabía que Ulises estaría terminando de organizar la cocina y no lo quería perturbar.

—Ulises, ¡estoy en casa!
—Ya lo noto, ¡¡¡maremoto a estribor!!!
—Dame un besito papi que tengo un montón de trabajo en el despacho y luego la reunión con Doña Sagrario para ultimar la sede de las conferencias, esto se está complicando, es fácil encontrar un emplazamiento para una charla, también para una merienda, pero para una merienda-charla es un problema. Si hay mesas y nos dejan llevar comidas, no hay proyector ni equipo de sonido y si hay equipo de sonido y lo demás, pues no nos dejan liarla parda con unas tartitas de nada, té moruno y unas botellitas de espumoso de Barbadillo que nos han donado, en fin que creo que va a tener que ser en el Cortijo Miraflores sí o sí, y el problema es que está hasta los topes de propuestas, así que tenemos que vender nuestra idea de manera tan atractiva que la concejala de cultura nos la compre.

—Tú lo consigues, no me cabe la menor duda.
— ¡Uyyyy! Que te quiero "yogurín", así da gusto —Y cruzó el salón camino del despacho, segunda puerta a la derecha. Antes de abrirla echó un ojo al estudio de Ulises. —Todo en orden.

Sin que él se lo pidiera, ella velaba maternalmente por su bienestar y procuraba que no hubiese objetos en lugares inusuales que pudieran provocar la caída de su media naranja y es que su marido, cuando estaba en casa, deambulaba sin bastón y Argos, el perro guía, se tomaba sus horas de asueto en la terraza, comportándose cien por cien como un perro normal, persiguiendo los gorriones y olisqueando cada centímetro cuadrado de espacio solario.

Ulises abrió de nuevo el grifo, metió la bayeta debajo, la frotó bien y le añadió el limpiador antigrasa, la escurrió y le dio un repaso a la vitro y a toda la encimera, arrastrando toda miguita de pan del desayuno, era "el truco del almendruco", si se pasa la bayeta por toda la encimera sin dejar ni un trocito sin dar, te aseguras de que esté limpia, era una de las muchas virtudes de Ulises, cuando él fregaba la cocina, te podías quedar tranquilo, estaba perfectamente limpia. Finalmente la emprendió con el fregadero, todos los rincones, sin una lágrima, como le gustaba a su madre, que no le permitió ni una sola debilidad derivada de su ceguera, muchas madres estropean a los hijos, los sobreprotegen, les dan pena, los tratan diferentes y luego se quejan de que no tengan un sitio en este mundo en igualdad de condiciones.

—Que no veas no quiere decir que no exista, tú sabes dónde está el fregadero, que todo se limpia en él, así que si le pegas un buen fregoteo, por todos sus rincones te aseguras de que está "para comer sopitas", ¡¡¡dale, Ulises, dale!!!— Palabras maternales que estaban incrustadas en su ADN.

***

Mientras, el Mini embocaba el túnel de la autovía.
—Despacio Sagrarito —se decía, en una suerte de autoinstrucciones —el radar está justo ahiiiií, ¡bien! a ochenta clavado, ¿quién será la eminencia que ha reducido así la velocidad en esta autovía?, se puede correr aquí menos que en la carretera de Grazalema, ¡qué de espacio cerebral desperdiciado!

Pasó la señalización de "Estación de Autobuses, Avenida del Trapiche" –sí Trapiche, que no es de trapicheo como algún gracioso quiere hacernos ver, un trapiche es un molino donde se extrae el jugo de la caña de azúcar, el aceite o incluso el mosto, así de poco delictuoso, nada que ver con el tráfico de sustancias psicotrópicas o bolsas de basura llenas de billetes, que bien vendrían ahora para la atención a la dependencia, por ejemplo y sin ir más lejos –. Puso el intermitente derecho y se desvió reduciendo la velocidad para incorporarse a la calle que baja a la Huerta de los Cristales ya que la rotonda del puente estaba cortada, dio la vuelta en la plaza de toros y repitió el camino en sentido contrario, dirección Ojén.

***

Ulises se secó las manos, se puso un poco de aloe vera en gel del que guardaban en el frigorífico y se acercó a la terraza donde tenía instalado su centro de operaciones, ventajas de la ceguera, como la pantalla la leía por la Línea Braille o bien por el lector de pantalla de Jaws, no tenía problemas con los brillos en el exterior, así que podía disfrutar tan ricamente de los gorgoteos de los pájaros, del frescor de la mañana, del airecillo de las térmicas a medio día y del solecito templado en los días de invierno, y todo sin dejar de trabajar, en lo que trabajara. En esos momentos estaba involucrado en la documentación para un artículo sobre una Villa Romana que se había encontrado en plena Milla de Oro, bueno la verdad es que encontrar, la encontraron en el Siglo XVIII, hasta los años sesenta del pasado siglo no la excavaron y por fin ahora, la han puesto en valor, a esa velocidad no hacemos saltar el radar de la autopista del tiempo, ¡ja! La reseña que debía escribir no era propiamente de la villa sino de la genial iniciativa del grupo de la Asociación de Amigos del Teatro que habían escrito una obra y estaban representando ante un grupo de autoridades y aficionados con el objetivo de limar los posibles fallos en su diseño y presentación. La idea era resaltar las riquezas de la excavación mientras se ponían en escena unas situaciones propias de la época romana, con vestuario y ambientación ad hoc. Pues sí, Ulises estaba abstraído en la documentación que mostraba los negocios que en esa rica e influyente casa se habían hecho, la peculiaridad consistía en que el grupo de teatro había puesto al mando de la empresa a una mujer, una viuda, — ¿cuántas viudas se han tenido que hacer cargo de los negocios o de las deudas de sus maridos sin haber pasado a la historia? —En fin, que en ello andaba.

Sonó el teléfono, la Delegación de Cultura al habla:

—Sí Penélope, tenéis buenos amigos, amiiiigas, en la casa, así que podéis contar con el Centro Cultural El Cortijo para el quince de este mes, pero no muy temprano, a partir de las siete, ya sabes que los martes está el Aula de Extensión Universitaria.

—Qué alegría me das Antonio, de verdad que necesitamos hacer un evento para recaudar más fondos, o tendremos que suspender una de las becas.

—En fin guapa, os pondremos la mesa larga de catering y las sillas en el patio, lo demás es cosa vuestra.

—Por supuesto lo demás déjalo en nuestras manos y no te olvides decirle a la Concejala que estáis invitados, pasaos a tomar una copita al menos y así contribuís personalmente.

— ¡La boca te la ha hecho un fraile hija!, vale, no te prometo nada, pero si la agenda nos lo permite, no lo dudes, ahí nos tendréis.

—Bueno Penélope, dale recuerdos a tu Ulises.

—Así lo haré, que tengas buen día.

—Adiós.

—Adiós, ¡¡yogurín!!

Colgó el teléfono energizada, voló a la terraza y revolucionó el espacio sereno de Ulises.

— ¡Papi, tenemos ubicación para el evento!, ¡bien!
Lo besuqueó, lo achuchó, se sentó encima, se levantó e igual que había venido se fue diciendo:

— ¡Tengo que avisar a Doña Sagrario!

**

Descendió del Mini, recompuso su vestuario, abrió el micromaletero, sacó la cesta, su bolso, pulsó el botón de cerrar y elevar lunas del mando a distancia y pasó por el arco de entrada. Las rosas estaban espectaculares, los árboles frondosos y bien cuidados, el silencio solo era perturbado por el canturreo urgente de los mirlos pidiendo una compañera con la que prolongar un año más la existencia de su raza. Paradójicamente daban ganas de vivir. No vio guardia de seguridad, estaría en el baño, de todas maneras, no lo necesitaba para nada, sabía exactamente a dónde se dirigía. Enfiló el camino central, subió un par de escalones y continuó varios metros hasta que torció a la derecha, olía a flores, algunos colores refulgían mientras otros estaban cayendo en una condición parda y reseca, cada uno en su estadio de deterioro. Enseguida estuvo junto a él.

—Hola Kimi, otro año más, aquí me tienes, para que veas que no me olvido, ¿Cómo me iba a olvidar? Con lo bien que lo hemos pasado juntos, con la de momentos emocionantes que hemos vivido…

—Mira, me he traído las auriculares, para no molestar a nadie y adivina, este año he hecho una recopilación bestial: "I Don't Wanna Miss a Thing" de Aerosmith, "Livin' On A Prayer" de Bon Jovi, "Satisfaction" de los Rolling Stone, "The Wall" de Pink Floyd, "Every Breath You Take" de The Police, "Wind of Change" de Scorpions y "Losing my Religion" de R.E.M.

—Así que empezamos, voy a extender el mantelito en este trocito del piedra, no creo que le moleste a nadie, no pienso ocasionar ningún perjuicio.

Mientras escuchaba a todo volumen, iba articulando la letra, bajito, no era cuestión de escandalizar a lo demás visitantes:

"…Don't want to close my eyes
I don't want to fall asleep
'Cause I'd miss you baby
And I don't want to miss a thing
'Cause even when I dream of you
The sweetest dream will never do
I'd still miss you baby
And I don't want to miss a thing…"

Lo extendió, era de cuadritos verdes, colocó la tortilla en el centro, una cerveza en su lado y otra en el más cercano a Kimi. De repente miró en derredor,

—¡Qué raro!

—Perdona guapo, ahora vuelvo, voy a ver si ocurre algo, me extraña que no haya visto a nadie en todo el rato que llevo aquí.

Deshizo el camino de entrada, enfiló la senda central, mirando a un lado y a otro, todos las calles estaban solitarias, Doña Sagrario se inquietó un poco, llegó a la puerta de metal que había atravesado a la entrada, estaba cerrada, cerrada con llave, dos metros y pico de metal liso, pintado de negro y culminado por una hilera de barrotes terminados en lanza. —¡Toma castaña! — Pensó —me han encerrado.

**

La había llamado al móvil, nada, no lo cogía, lo volvería a intentar más tarde, lo mismo no estaba en lugar apropiado y tenía el volumen bajo, porque el Smartphone daba llamada… Media hora más tarde lo volvió a intentar. Penélope y su impaciencia, cuando tenía algo que hacer no paraba hasta que no lo terminaba, —ya era raro que no conteste— pensó, la verdad es que había visto salir a Dña. Sagrario hacía unas dos o tres horas, estaría a punto de llegar a casa, lo mismo no cogía el teléfono porque iba conduciendo. ¿Quién sabe? Lo volvió a intentar, era raro, ya era casi la una, bajó un tramo de escaleras y tocó el timbre del apartamento C, nada de nada. Subió, preparó una crema de calabacín con quesito rallado por encima y sacó los cuencos de arroz con leche para ponerles bastante canela, como le gustaba a su marido. Escuchó a Ulises que cruzaba el salón directo a la cocina.

— ¿Qué te traes entre manos bella flor de la pradera?
—Crema de calabacín con quesito y taquitos de jamón, plato único, luego hay arroz con leche.

— ¡Qué bien! ¡Voy poniendo la mesa!
—Mientras la pones, voy a bajar de nuevo a casa de Doña. Sagrario, me está empezando a preocupar, no me ha cogido el teléfono en toda la mañana, a ver si ha vuelto ya del centro.
—Ok, McKey

Tampoco esta vez tuvo éxito, —las dos de la tarde y esta mujer sin venir, es raro, no es habitual, pero puede que haya quedado con alguien, si a las tres no aparece como hemos quedado, entonces sí que sí, me preocuparé, por ahora: "No News, good News" —Todo esto, se lo decía así misma mientras subía pensativa el tramo hasta su apartamento.

Tras el almuerzo bajaron los dos y de igual manera no recibieron respuesta tras la puerta. En ese momento constataron su propio estado, se podría catalogar de inquieto.

—Voy a llamar de nuevo al móvil.
Y de preocupados, ambos pasaron en "cero coma uno" a alarmados, el móvil de Doña Sagrario sonaba dentro del apartamento….

— ¿Se habrá puesto enferma y está ahí dentro sola?

—Quédate Ulises y le vas hablando por si te puede oír y la tranquilizas, yo voy a por Paco, tiene una llave, espero que no esté tomando "algo fresquito".

Bajó la escalera a toda velocidad, ni siquiera esperó al ascensor, una intensa preocupación acompañada de ideaciones irremediables, acaparaba el 99% de su capacidad cerebral, el resto eran funciones inconscientes.

Mientras Ulises hablaba a través de la puerta:
—Sagrario, si está usted ahí, aguante, mi mujer ha ido a buscar la llave que tiene el conserje, respire profundo y relajada, mientras le voy a recordar aquella vez que le hizo trampas al ajedrez a Ricardo Espinosa de los Monteros para que pudiese ganar su amigo Manolo Suárez, inventor del Silexrock... Lo que nos pudimos reír cuando nos dimos cuenta que quien le mandaba los mensajes con un dron, volando, con los movimientos magistrales para ganar, era usted, ¡jo! Y luego...

—Espere, me voy a sentar aquí en el suelo, delante de la puerta, no me voy a ir hasta que no vengan a ayudarla, le decía, que luego nos hizo unas demostraciones de cómo volaba su dron, ¡ah! le agradezco el día que me trajo volando la barra de pan a la terraza a la hora del desayuno, es estupendo que usted fuese experta en este tipo de aparatos en el CNI.

—La verdad es que tienen mucha utilidad para mirar si hace falta llevar víveres a los vecinos, jajaja, o reparar los tejados, el otro día Penélope y yo vimos uno encima de la Iglesia de la Encarnación, comprobando que todo andaba bien por ahí arriba.

—Por cierto que el misterio del ajedrez y las notitas encima de la mesa del Marmolero, se quedó entre nosotros, es más divertido y a Espinosa de los Monteros se le bajaron un poco los humos que estaba muy chulito con eso de que siempre le "daba matarile" al otro.

—En fin, ¿le he contado que tengo que escribir un artículo sobre García Márquez?, sí, la verdad es que es una pena que ya no esté entre nosotros, pero todos nos tenemos que morir, la verdad es que voy a centrar el relato en una de sus obras que me ha impactado mucho, sobre un patético dictador, militar, al que todos temen y al que utiliza la oligarquía poderosa, le ponen muchachas, le dan importancia y se la quitan a merced de sus intereses, hasta hacen llevar a la madre muerta en procesión por todo el país, hecha una decrepitud, para que todos vean que tenía condición de santa, ¿qué si era Santa?, no lo creo, o sí, según se vea, una santa, santa-virgen, no, había conocido varón, de hecho él no conocía a su padre y ahí Gabo lo clava, muchos son los dictadores con orígenes paternos pelín difuminados.

— ¡Ah! Por fin, ahí llega Penélope y le sigue Paco el Conserje.

Saltando por encima del acurrucado cuerpo de Ulises, Paco metió la llave en la cerradura

—Eh, Paco cuidado con las partes nobles que quiero que me sigan dando muchas alegrías.
—Tranquilo, tranquilo que sé donde pongo los pinreles.

La cerraja tenía cuatro vueltas dadas, esa mujer sabía defenderse, puerta blindada con seis anclajes y cerrojo Fac, ¡la leche!, menos mal que tenían la llave, si no, hubiera sido mejor tirar la pared.

Entraron en tropel, la cocina, el salón, el dormitorio, el despacho-angar-de-drones y el cuarto de baño, vista de la terraza y comprobación de que en el pequeño e individual apartamento no estaba ni Doña Sagrario ni los fantasmas de Iker Jiménez. Eso sí, en la cama, de su dueña tal vez olvidado, hallábase el teléfono móvil, que no el arpa.

—No está, no ha venido, no nos ha llamado, esto no es normal, es una mujer muy formal, nunca había llegado tarde ni a una cita, ¡le ha pasado algo!, Ulises, sube y llama a tus amigos policías y mira a ver si ha tenido un accidente o algo, Paco baja y pregunta a todo el mundo si la han visto o si han comentado algo que nos pueda ayudar a encontrarla, ¡ah! y mira a ver si está el coche por ahí abajo. Yo me quedo mirando por el apartamento a ver si detecto algún indicio — Penélope estaba al mando, sabía que en momentos de crisis, alguien, mejor si ese alguien está formado para ello, se hiciera con la dirección, en situaciones así, la Democracia es justa pero lenta y confusa, por lo tanto inoperativa. Los demás la dejaron hacer, sabían que sus años de simulacros, operativos y formación en Cruz Roja la convertían en la persona apropiada.

—Nos ponemos a sus órdenes —dijo el Conserje mientras se dirigía al exterior, algo quedaba dentro de él de disciplina militar de sus tiempos de Cabo Rojo en la Corbeta Infanta Cristina y en el Polígono de Tiro Janer de San Fernando.

La investigación dio como resultado nada, la nada más absoluta, Doña Sagrario al parecer había hecho algo en una sartén y un bol, que habían quedado limpios y escurriendo en el fregadero, lo que había cocinado, o se lo había comido o llevado. Era raro que se lo hubiese comido, para eso ella era muy española y la tradición del pan con aceite y cafelito solo era enmendada alguna vez en que domingueramente le añadía jamón ibérico del bueno, que para eso su pensión le cubría las espaldas. Por otra parte, también era obtusamente raro que se hubiese llevado lo cocinado, ¿qué significaba eso?, ¿le había hecho el almuerzo a alguien y había ido a llevárselo?, ¿a quién? ¡Pardíez!, ¡recóncholis!, ¡"cachienlamá"!. O peor, ¿estaría chocheando, cosa que había pasado desapercibida hasta ese momento, y se había olvidado de la cita con Penélope? Si fuese así, aparecería en un par de horas a lo sumo, la hora del té era sagrada para ambas, incluso le había avanzado que esa tarde probarían uno nuevo de jazmín.

Por otra parte Ulises se encontraba en su puente de mando, "c'est á dire", arrellanado en su orejón con el teléfono hecho loncha de york entre el hombro y la oreja, un conjunto de grupo muy del estilo sanwich y con las manos siguiendo la línea braille de su ordenador, buscando números de la policía, amigos y leyendo noticias locales de última hora por si hubiese ocurrido alguna desgracia que convirtiese a la pobre Sagrario en víctima de un acto doloso pero conocido.

—Dime Ulises, ¿cómo estás? ¿En qué andas? No me asustes que te conozco, todavía me acuerdo del aviso del pobre hijo acosado por la "mafia napolitana" —desde la comisaría, la Inspectora Prados contestaba la llamada de nuestro pseudohéroe.

—Mira Prados, estamos muy preocupados, ¿te acuerdas la señora mayor que vive en el 4º la que te conté por lo bajini que había trabajado como científica para los servicios secretos españoles y americanos?

—Sí, algo, aunque no daba el físico para ese tinglado, pero en fin, se ven tantas cosas...

—Bueno pues es verdad y esta mañana ha desaparecido, salió de la casa como a las doce y no ha vuelto, iba en un Mini cupé naranja metalizado, es pequeña, fina y siempre lleva un moño de señora, ah, el pelo es blanco, esto es difícil, porque yo lo que es verla no la he visto nunca, todo son descripciones de Penélope.

—Pero, ¡vamos a ver Ulises que hace cuatro horas!, eso no es nada, estará comiendo con alguien.

—Prados, te digo que le ha pasado algo, un accidente, una caída, un mareo, un grupo terrorista que la ha secuestrado para que desembuche todos los secretos, algo chungo.

—Para, para, ¡que pares te digo!, se te está formando una pelota en la cabeza, voy a comprobar lo del accidente y si está en algún hospital, ya verás cómo mientras aparece.

—Pero es que había quedado con mi mujer en la sobremesa y ella no llega tarde nunca.

—Que sí, relajaos que vamos a hacer estas gestiones de las que os he hablado. Si llega me avisas, ¿vale?

—Sí, pero sé que le está pasando algo.

—Brufff. ¡Adiós, hasta luego!

A las cinco y media estaban desesperados, habían suspendido todos los eventos crepusculares y seguían empeñado en el hecho siniestro de la volatilización inusitada de la peculiar vecina. Sonó el teléfono.

—Sí, dígame —Ulises se había hecho fuerte junto al aparato.
—La Inspectora Prados al habla, ¿ha llegado ya vuestra vecina?
—No, creía que nos llamabas para darnos noticias…
—Pues ni ha tenido ningún accidente digno de intervención policial ni ha visitado ningún servicio de urgencias. Además que tenemos efectivos en la autovía y en la carretera general y hemos avisado a la guardia municipal para ver si ven el Mini naranja. Eso es todo lo que os tengo que decir, si no hay malas noticias es bueno.
—Gracias Prados, ya hemos avisado a todos los vecinos y hemos llamado a todos los amigos comunes, algunos vienen para acá. Creo que si no aparece esta tarde-noche habrá que comunicarlo al Ministerio de Defensa.
—Dios no lo quiera, todo lo que te rodea se convierte en desmesurado.
—¡No es mi culpa!
—No, no lo es… ¿o sí?

La casa parecía la sede de una campaña electoral, habían llegado varias socias de las mujeres universitarias, compañeros y compañeras del aula de mayores, Manolo Suárez, Espinosa de los Monteros y otros del club de golf, Bárbara de Cárcer la locutora de televisión con la que Sagrario hacía un programa con tertulia, algunos vecinos... La cocina era un despropósito, habían traído hojaldres salados, cervecita, infusiones varias, café, un brownie casero, más cerveza, una empanada, ganchitos y patatas y aceitunas y altramuces y un sofrito con pollo listo nada más que para echarle el arroz, en el caso de que la cosa se alargara a horas colindantes con la cena, había que estar fuertes por lo que pudiera pasar, eso dijo Isabel Jiménez, la versolari "granaína", cuando entró con la paellera por la puerta.

A las diez de la noche llamaron al timbre, abrió alguien, alguien cualquiera, uno de tantos "alguien" que había en la casa en ese momento. La Inspectora Prados entró en el apartamento, menos mal que este era de los grandes o la claustrofobia hubiera hecho mella en su inalterable carácter. Había gente por todos lados, un plano de Marbella y sus carreteras extendido en la mesa grande del comedor, tenían una ruta aproximada por donde había pasado Doña Sagrario en el Mini:

—Autovía Puerto Banús-Marbella— dijo el conserje con evidente afán de protagonismo, —se salió en la desviación de la Cañada porque el dueño de Pinturas Andalucía, que juega golf en el Club, la vio pasar por delante de su negocio a las doce y diez, más o menos, dirección Ojén, y ahí se pierde la pista.
—Esa vía ha estado semicortada todo el día y unos empleados daban paso por un solo carril ya que el otro estaba en obras y los obreros encargados de autorizar la circulación aseguran no haber visto a una señora mayor en semejante coche —matizó Penélope.

— ¡Que no es un Ibiza conducido por un niñato, que es un Mini naranja y metalizado, conducido por una vieja!

—Paco, córtate un poquito que aquí tenemos todos más o menos la misma edad y a ver si te van a mantear —regañó Penélope.

—Hola Prados —era Ulises desde el orejón —hemos hablado con la seguridad del Centro Comercial La Cañada y aparte de una señora que pretendía robar en el Oysho llevándose puestos cuatro sujetadores, no ha ocurrido ningún incidente de mención, y a estas horas están haciendo ronda por el parking, a ver si ha quedado allí estacionado el Mini .

—Ya veo que tienes montado tu propio operativo, pues aquí tienes un efectivo más, acabo de salir de servicio y me he venido directamente.

— ¡Ulises un Whapsap! —La voz salió de la cocina —El vigilante del parking de La Cañada dice que negativo, no hay Mini naranja alguno en el parking, que está ya casi todo vacío.

—Gracias, un sitio menos y nos quedan pocos a no ser que volviera a la autovía otra vez, ¿para qué?, ¿se habría equivocado de salida?, no es propio en una mujer tan serena y concentrada, si fuese Penélope no lo dudaría, entre la cantidad de cosas que tiene en la cabeza y esa vena creativa, se pierde en el rellano.

Agachó la cabeza y siguió con un auricular puesto escuchando su lector de pantalla Jaws, estaba repasando todas las noticias locales, algo, algo se les había pasado por alto.
— ¡Ay Dios!—exclamó mientras se ponía aprisa el otro auricular, el universo físico se detuvo, ni una respiración perturbaba las ondas hertzianas. — ¡Mi madre! Creo que sé dónde puede estar.

En cuestión de minutos se encontraban todos montados en los vehículos, apretujados, incumpliendo la ley, más de cinco en un coche en más de un coche. Arrancaron y tomaron la misma dirección pisando el mismo asfalto que había recorrido Doña Sagrario. Ulises era el copiloto en el Ford Kuga de la Inspectora Prados. Continuaron por la autovía y se desviaron en la salida de La Cañada-Huerta de los Cristales porque la rotonda seguía en obras, bajaron hasta la plaza de toros hicieron 360º y subieron en dirección contraria a la que habían traído, atravesaron el puente del McDonald, hicieron la rotonda del centro comercial y enfilaron la carretera de Ojén. A pocos metros cruzaron la vía y estacionaron en el parking exterior, allí perfectamente situado entre dos líneas blancas, se encontraba aparcado el Mini.

***

–Sí, me han encerrado –se confirmaba a sí misma Doña Sagrario, –han cerrado y me han dejado dentro, la cuestión no tendría más importancia si no me hubiese dejado el teléfono encima de la cama, debí hacerme un lío, me traje la tablet con los ficheros de rock y luego busqué los auriculares, el monedero, la cesta, las Alambras de Reserva, las servilletas, definitivamente me olvidé el móvil. ¿Cuándo volverán a abrir?, ¿Por la tarde?, a lo peor hoy ya no abren más… Por la puerta es imposible, por ahí ni quepo ni salto, el resto es muro…

Siguió la pared y comprobó que aquello no lo saltaba ni Ben Johnson, llegó a un recodo donde uno de las figuras esculpidas en mármol estaba sostenida por un pedestal accesible, se sentó en la base e hizo un esfuerzo hasta erguirse apoyada en el angelote gordote y simpaticote que era objeto de arte en piedra. Desde allí consiguió ver la carretera que bajaba hasta Marbella, gritó, grito, y no gritó más porque se dio cuenta de que nadie pasaba por allí y cuando lo hacía era dentro de un coche, rápido despreocupado, con la radio puesta y el motor en ebullición. Volvió junto a Kimi:

—Parece que este año la celebración será más larga de lo esperado.

Cogió su cerveza y la chocó, contra la de su hombre, chin-chin, bebió un sorbo, y vertió un equivalente sobre la piedra tatuada, se sentó frente a él, cogió una aceituna, desenchufó los auriculares y le dio volumen a la selección que empezó de nuevo desde "I Don't Wanna Miss a Thing", se permitió cantarla a voz en grito:

—"...Don't want to close my eyes —no molesto a nadie.
—I don't want to fall asleep — los que podían se han ido.
—'Cause I'd miss you baby — los otros están...
—And I don't want to miss a thing —...muertos...

A eso de las once de la noche un cortejo formado por el empleado que había traído la llave, los vecinos, las compañeras de la asociación, socios del club de golf y amigos, precedidos todos por Ulises guiado por Argos y la inspectora Prados con una linterna, se adentraron en el pasillo principal del Cementerio del Carmen, subieron unos cuantos escalones y torcieron a la derecha, al final, sobre un panteón de líneas depuradas se encontraba un bulto indescriptible. Al acercarse pudieron comprobar que Doña Sagrario despertaba de una cabezada inducida por el cansancio y el aburrimiento. Estaba envuelta en el mantel de cuadritos y se había zampado más de media tortilla con dos cervezas de un tercio. Se alegró mucho de verlos a todos aunque estaba pelín sobrecogida con semejante despliegue de medios humanos.

—Perdone señora, lo siento muchísimo, yo puse la bocina que avisa del cierre, todos salieron, es que vinieron los de la obra y dijeron que había una tubería rota y que había que abrir justo en el carril de entrada al cementerio, así que lo comuniqué y me ordenaron cerrar hasta mañana, ya que no había ningún servicio que no se pudiese hacer en el tanatorio del centro. Supongo que usted ya no oye muy bien, debí pensar en eso, ¡qué apuro más grande!

—No se preocupe buen hombre, me lo he pasado estupendamente, este año además de la visita tradicional a mi marido, he tenido aventura, he bailado y cantado a voz en grito en la absoluta constatación de que los Rolling Stone no le hacen mal a ningún muerto. Por cierto, mi sentido del oído sigue operativo pero el Rock es muy intenso y una tiene sus debilidades, ¡ah! y sus auriculares —Y se dirigió hacia el Mini, riendo y levantando el brazo que los sostenía.

Gachet versus Matamua

Una oreja ensangrentada reposaba en la mano de un maestro. Una úlcera mortal corroía la pierna de otro maestro. Ambos dos tan diferentes, ambos dos frente a un lienzo.

"FRÄULEIN MARÍA"

*A Charo Salas, amiga,
la auténtica Fräulein María.*

Y ya van dos, dos libros maravillosos, dos obras de arte de un nivel intelectual que te retan, sí, Sebald y Caballero Bonald, cuanta cultura esparcida, qué bien construyen las frases, sí, de acuerdo, qué belleza en la palabra, el paraíso de los adjetivos, la fiesta de las subordinadas, cuanto virtuosismo. Y sin embargo, no me estoy divirtiendo lo suficiente, probablemente porque tengo el cuerpo para frivolidades o para historias que me subyuguen, quiero acción, movimiento, piel erizada, historias con mayúsculas que no sean obstaculizadas por el verbo, quiero tener ganas de leer con avaricia, como si me faltara el tiempo, a hurtadillas en el baño, mientras se cuece la pasta en la cocina, sintiéndome excesiva , sabiendo que me estoy pasando, que ya está bien, que hay un mundo, una vida después de esta lectura, aunque ahora, no me interese.

Normalmente nos reunimos de quince a veinte mujeres en el Marbella Club, todas socias de la Asociación de Mujeres Universitarias de Marbella — ¡sorpresa!—, ¿a que pensabas que aquí solo había superficialidad, "blondy women" y saraos hasta el amanecer y más allá?, si no es así, ¡bien!, porque sí que hay un tejido intelectual, cuentan hasta conmigo, que no es "moco de pavo", ja, "la abuela, bien". Bueno al tema, hoy la tertulia ha sido muy diferente, han asistido pocas socias y ha aparecido una nueva, pues vale, ¡bienvenida! Tenemos la suerte de contar con un grupo de féminas que han estado en los lugares más estratégicos e influyentes de los últimos cincuenta años, es lo que tiene ser sede de jubiladas, señoras que han trabajado en la ONU, en la Universidad de Deusto, en países Europeos, Americanos y exóticos, hijas y esposas de diplomáticos, escritoras, arquitectos de renombre, abogadas, educadoras, en fin que la diosa fortuna ha sido vehemente conmigo, porque, ¿cuándo iba yo, una hija de trabajadores emigrantes, a relacionarse con semejantes personajes?, pues ya ves, aquí, que los astros me han sido propicios, ¡y tanto!

Se llama María, es una socia nueva, pero el apellido es impronunciable, aunque no para mí. Se casó con un teutón de buen porte que conoció al llegar a Alemania como profesora de los inmigrantes que le prestó su apellido, estas cosas no pasan en España —me congratulo—. Eran los años setenta, años de mucho trabajo, buen sueldo si comparamos con los de aquí, el concepto de español no era una mujer, licenciada, culta, que habla idiomas y guapa a rabiar, la idea es la del señor bajito, moreno, analfabeto en muchas ocasiones y que trabajaba como un mulo de carga.

El problema era que ni los mismos españoles se creían que habíamos sido el "imperio donde no se ponía el sol", que en gran parte de América se habla español porque nosotros lo llevamos, también la gripe, que Cervantes escribió el "Ingenioso" con una sola mano estando privado de libertad y mojando una pluma de ave en un tintero mientras lidiaba con el fisco del momento, que tenemos un pintor tan cotizado como el de "Los Girasoles" o más, que por cierto dedicó un cuadro a cierto bombardeo "de cuyo nombre no quiero acordarme" y que algo tiene que ver con los teutones, en fin que o se les ha olvidado o nunca se lo han enseñado, que somos un pueblo grande, pese a nuestros gobernantes, ¡que ya les vale!

***

12 de Septiembre de 1.978.-

Hoy empiezo este diario, la Señorita María nos ha contado que escribir uno nos ayudará a hacer un repaso de lo que he hecho en el día, me lo contaré a mí misma, podré decir la verdad, porque es personal, nadie lo leerá, será mi secreto.

Querido diario, soy Julia Merino y nací aquí, en Osnabrück, mi padre es español pero tuvo que venirse porque allí no había trabajo, se llama Julián Florencio Merino y trabaja en KM Europe Metall, es muy importante su trabajo, hace piezas que luego se convierten en coches en la fábrica de Audi, allí trabaja mi madre que se encarga de la limpieza de las oficinas, ella también es española, se casaron por poderes, a distancia.

Cada mañana me levanto a las seis, me voy al colegio y estoy en un aula matinal hasta las nueve que empiezan las clases, lo hacemos así porque mis padres entran muy temprano, ellos trabajan mucho y a veces se ponen muy tristes, dicen que tanta oscuridad no hay quien la aguante, pero lo soportan, otras veces se ponen a hablar de los amigos, de sus familias, de la comida, de las fiestas del pueblo, es cuando mi madre se va para la cocina y llora a "moco tendido".

La Señorita María es nueva, ha venido para enseñarnos "las cosas grandes de España", es muy simpática, nos ha dicho que escribiéramos un diario. Hoy nos ha hablado de la Alhambra que está en Granada, en Andalucía, en el sur de España, yo pensaba que allí solo había cosas feas como personas hambrientas y sucias, sin embargo, nos ha enseñado fotos y nos ha contado historias de reyes y reinas moras que recitaban poemas acompañados del sonido del agua en las fuentes. Usaban ropas ligeras de colores brillantes, vaporosas, allí no hacía frío, tocaban música mientras reposadamente comían sus manjares, las uvas del dibujo debían estar buenísimas. Se lo he contado a mis padres y aunque habían oído hablar de la Alhambra, nunca habían estado en ella ni visto ninguna foto, tengo que decirle a la señorita María que haga una clase para los padres para que vean lo que no han podido, porque siempre están trabajando.

***

Garbiñe es la presidenta de la Asociación de Mujeres

Universitarias de Marbella y es la que dirige las tertulia, modera los tiempos, reconduce y hoy, nos ha presentado a María, una nueva socia jubilada, recién llegada de Alemania, dejando atrás los horarios forzados y programas encorsetados, María ahora es libre para dirigir su inquietud cultural y social hacia donde quiera.

Treinta y cinco años de docencia y de lucha por mejorar la cultura entre los españoles desplazados a Alemania, así como la difusión de nuestros valores intelectuales, que son muchos. La ministra de Cultura germana le ha otorgada la Medalla Goethe por su labor de divulgación de las letras y las artes en general, de la española en particular, en las fronteras de la República. Sin embargo, ella sonríe, para mí que le causa más satisfacción las huellas humanas que ha dejado.

Dice que se va a dedicar a descansar, a no tener obligaciones, a jugar golf y a frecuentarnos que para eso somos un grupo de mujeres para las que el estudio y la reflexión se ha convertido en ocio, eso sí, no hay ganas de que nos examinen, "por puritito" sibaritismo, aunque sigo sin pasar de la segunda parte del "Ulises" de Joyce, ¡con las ganas que tengo de aprender a disfrutarlo! Insistiré, pero es que últimamente lo que me pide el cuerpo es una buena comedia de Tom Sharpe o de Regina Roman, que me llene los pulmones al reírme descontroladamente.

**

14 de Septiembre de 1979.-

De vuelta de vacaciones, he estado en España por primera vez, mis padres habían reunido el dinero suficiente y he ido a ver a mi primos, tío y abuelos a Quintanilla de Trigueros, es un nombre de pueblo precioso, aunque es más grande el nombre que el pueblo, allí viven mis abuelos, pero hemos acudido todos, los primos y tíos, ha sido estupendo. Hemos dormido en un "soberao" todos los pequeños juntos, desde por la mañana nos íbamos a investigar por las casas abandonadas, las cuevas, los riachuelos, nadie nos buscaba ni nos ponía límites, mi abuela, nos tenía guardados unos tarros, los llenábamos de agua, le poníamos un regaliz dentro e íbamos todo el día moviéndolo, cuando se disolvía, nos sentábamos y saboreábamos nuestra agua de paloduz.

Mis primos me hacían preguntas sobre Osnabrück y Alemania, sus caras de admiración me hacían sentir importante, yo les hablaba de las salchichas gigantes, de los coches, las fábricas, de la señorita María, no les conté nada del "chucrut", ese tema es mejor no tocarlo, me escuchaban con los ojos muy abiertos, lo mejor fue cuando les hablé de "Don Quijote de la Mancha", de las risas que nos echábamos en clase de literatura, ellos se quedaron asombrados porque me gustara un libro tan gordo y que decía palabras tan extrañas, les expliqué que había que saber leerlo, que era una especie de "pitorreo" de los cursis libros de caballerías, un tipo de historias donde caballeros luchan por la justicia y el buen nombre de su amada, en fin que cuando les conté que el Hidalgo de la Mancha pretendía hacer de Aldonza Lorenzo, una campesina bruta y sin dientes, la diana de sus piropos, todos acabaron riéndose.

De vuelta a casa he tenido una muy buena noticia, la Señorita María y su marido alemán, dos palmos más alto que mi padre, van a dar clases de literatura y cultura española a todo el que quiera, mis padres han dicho que el horario les viene bien, es por la tarde, tiene muy buena pinta, mi madre va a llevar la receta del "Pan Lechuguino", "la seño" dice que la gastronomía también es cultura.

***

La curiosidad me puede, me admira tanto la labor de esta maestra de lo español, con la que ha creado inquietudes en los paisanos emigrados, sus hijos nacidos en el exilio y la sociedad que los ha acogido que no puedo más que aproximarme y "a boca de jarro" preguntarle sobre su didáctica. No es tonta, está claro que no, sin embargo, no lo aliña demasiado:

— ¡Les transmito la misma pasión que yo siento! —Así de simple, ¡ea!, tan claro como que te brillen los ojos al contar algo, como que se te atropellen las palabras, como que te aproximes y les hagas partícipe de lo que es suyo, de lo que es su mundo, sin reducciones, sin elitismos.

En mi opinión María no ha sido consciente de su obra, no se propuso un día ser Mujer Europea de la Cultura 2008, llegó a la piscina de oportunidades y nadó y nadó y nadó, cada día durante más de treinta años, con metas cada vez más altas, con el objetivo de empoderar a nuestros compatriotas, de hacerlos visibles, de despegar a sus ancestros de la simple imagen del "Wanderarbeiter", del trabajador emigrante. De hecho, y no en vano, nuestro país es uno de los más solicitados por los teutones para ampliar sus estudios universitarios, sin contar con la colonia que hay en Mallorca y en las costas, adquiriendo tonalidades besuguianas, cultura, gastronomía, clima, mejora del poder adquisitivo, —normal, somos irresistibles…

***

21 de Noviembre de 1981

Están haciendo obras en el Museo del Prado, tienen que conseguir más espacio porque hay muchas pinturas en el sótano, sería buenísimo que las personas las pudiésemos ver, además hay que hacer cuartos de baño, el edificio es antiguo y no está acondicionado para las necesidades de ahora, Fräulein María nos ha contado esta información, ha traído recortes de periódicos, el arquitecto Jaime Lafuente dice que hay que reformar el tejado, sería una pena que se mojara "La Perla", imagen de la virgen con una señora mayor y dos niños preciosos, rosados y alegres, desde que la profe trajo una lámina de ella, solo hago pensar en el día que pueda ir a verla. Mi padre, sin embargo, está como loco con los cuadros de Velázquez, más grandes, algunos de luchas, creo que es porque es un hombre, a mi madre le gustan las "Meninas" que es del mismo pintor, pero ahí no hay guerra, es una reunión divertida de niños y perros.

Nos ha enseñado tres cuadros que forman uno, parece un cómic antiguo, hay mucha gente divirtiéndose a su modo, o sufriendo a su modo, los padres han hecho risitas, —¡algo de sexo tiene que haber ahí, ya me conozco a los mayores!

En el Prado hacen también clases con todo tipo de alumnos, como aquí en el Instituto, Las Misiones del Arte les llaman, hay una que la he apuntado "Francisco de Goya en el Sesquicentenario de su Muerte", la he anotado porque me ha llamado la atención el pintor, era sordo, por lo visto se gastaba un mal humor que no veas, pero pintaba maravillas y creo que le gustaba una mujer, la pintaba desnuda, luego vestida, me han dicho que tiene mucho valor pues representaba escenas cotidianas y así podemos saber las costumbres de ese tiempo, que por lo visto fue de aúpa, hasta nos invadieron los franceses, pero los echamos, si no, ahora yo sería alemana de origen francés.

***

He estado hablando un rato con ella, emocionada, apenas he podido aguantar mi secreto. No ha tenido un minuto libre en su vida, su ocio era su pasión, la pedagogía, las artes, España y su difusión. Fue por eso que con su marido fundaron el Instituto de Lengua y Cultura Española, al principio con los chicos y los padres de su colegio, posteriormente con otros profesores, artistas y ciudadanos españoles y alemanes en general, esa institución continúa y es la excusa perfecta para hermanar estos dos pueblos, para hacernos visibles. Fue llamada a la universidad, donde nadie hasta entonces estudiaba español, ahora es la tercera lengua más optada en secundaria y la segunda en la enseñanza de adultos, también tenemos que tener en cuenta que el Instituto Cervantes se ha enraizado en la fisonomía de los países extranjeros, siendo punto de aprendizaje y creación de nuestra lengua y nuestra cultura.

Es verdad que la realidad supera la ficción, aunque si la aliñamos aún es más atractiva, después de todo, esta tarde me he emocionado, merece tanto la pena esta vida….

18 de Marzo de 2013

Hoy el día parecía que me iba a deparar lo habitual; levantarme temprano, irme al colegio alemán a enseñar lengua y literatura a mis alumnos de secundaria, almuerzo rapidito con la familia, prepararme las notas para la tertulia literaria del Marbella Club, hoy tocaba Amos Oz, "Conociendo a una Mujer", más bien me ha parecido conociendo a un hombre sin habilidades sociales ofuscado en el trabajo, es un libro diferente… —un té, pintarme los labios y en marcha—. En el aparcamiento me he encontrado a Mavi, una socia que se dedica a la consultoría familiar, es la que me enseño lo de la "Casita de la Personalidad", el niño es una casita, sus cimientos son la seguridad que da el entorno y la autoestima que la aportan los padres, principalmente el concepto que sobre ellos tengan los progenitores, con lo fácil que es hacer un buen edificio, la de pocos edificios que hay bien construidos.

Cuando he llegado al Champaign Room, he tenido la sorpresa de mi vida, sorpresa mayúscula, sorpresa superlativa, no me lo podía creer, tenemos una nueva socia en el club, recién importada de Alemania, ha venido a disfrutar aquí de su bien merecida jubilación, no podía cerrar la boca, a ella le costó reconocerme, claro, he crecido un poco, ya tengo 46 años, eso despista a cualquiera.

No puedo escribir más por hoy, me voy a cenar con Fräulein María.

<u>My Anonymus</u>

Señor, concédeme:
Serenidad para saborear la vida con Sosiego, Valor para mejorar mi entorno con Amor y Sabiduría.
Trabajando racionalmente mi Paraíso.

"Ulises y "Algo Fresquito"""

A Tita Lola por saber aceptar la vida
de una manera práctica y
por amar profundamente a mi hijo.

Cuatro millones seiscientos mil euros le habían dejado en herencia, a él, a un conserje mileurista, ¡qué iba a hacer con tanto dinero!, seguro que se le ocurriría algo, la vida estaba llena de tentaciones. Lo primero que haría sería visitar el concesionario de Jaguar, C. de Salamanca, la de veces que había pasado por la puerta y se había pegado al cristal como niño hambriento al escaparate de una pastelería.

Todavía no se lo podía creer, de hecho cuando recibió la información del banco, tuvo que pararse a leer varias veces la cantidad que tenía delante de los ojos, ¡um! esto... ¡cuatro mil seiscientos?, ¡no!, ¡no!, ¿cuatrocientos sesenta mil?...

—¡Penélope!, qué bien que llegas, mira, ¿aquí qué pone?
—Um.., uy…, espera que me pongo las gafas, "ofú", esto es mucho dinero Paco.
— ¿Pero cuanto es?
—Cuatro millones seiscientos mil euros, jo, ¿esta es tu cuenta corriente? —Paco se sentó en el banco de piedra más cercano.
—Pero, pero…, esto, no puede ser, debe ser una equivocación, si yo lo más que he tenido en la cuenta han sido diez mil euros.
—Anda, sube a casa y lo hablas con Ulises.
Subió a casa del ciego más intrépido y original que había visto en su vida, le unían a él varias aventuras que habían valido considerarlo en la más alta estima.
— ¡Ulises, ya estoy en casa!
—Y te oigo, ¡maremoto a estribooorrr!
—Vengo acompañada de Paco, el conserje.

Ulises estaba trabajando en la terraza, sentado ante una mesa de jardín con un té helado a la derecha del teclado con línea braille. Le habían encargado un trabajo sobre las historias rocambolescas en las que se veía involucrado. Para empezar se documentó sobre el adjetivo rocambolesco y aprendió que a mediados del siglo XIX había un escritor en Francia, Ponson du Terrail, que escribió una colección de historias de intrigas y peripecias que rozaban lo absurdo e increíble y de ahí salió el calificativo, ya que el protagonista de estas historias era un personaje llamado Rocambole.

— ¿Qué te pasa Paco?
—Una cosa "mu" rara, el extracto del banco dice que tengo cuatro millones y pico en la cuenta.
—Una pregunta tonta Paco ¿tú tienes ese dinero?
—Vamos Ulises que soy el conserje, ni "El Marmolero tiene ese dinero", creo…
— ¿Qué banco y qué oficina es?

En un tris, Ulises había pasado a la acción, ¿cómo se veía involucrado en semejantes historias?, pues así, de esa manera tan inocente y tan simple. En cero coma dos estaba metido en el lío. Buscó el número de teléfono de la sucursal en su PC y se puso al aparato haciéndose cargo de la situación ya que Paco estaba hecho un manojo de nervios.

—Penélope, perdona, ¿tú no tendrás "algo fresquito" por ahí? — Preguntó Paco.
— ¡Uhm! Tengo Cacique, ¿te vale ese?
—Sí, gracias.
Le preparó un combinado de Cocacola con el ron mencionado, tres hielos y un chorreoncito de limón, mientras, Ulises se las veía con el banco.
—No te lo vas a creer Penélope, el director en persona viene hacia aquí. Estoy empezando a pensar que este tío está forrado.
Pasaron a la terraza. Argos, el perro guía, se acercó a Ulises:

—No Argos, no te necesito, ¡buen chico!

Sentados en el sofá de teca comenzaron un diálogo de besugos sobre cómo habría podido llegar esa millonada a la cuenta de Paco el Conserje. Pensaron en un fallo informático, en que se hubiese tecleado por error la cuenta del susodicho a la hora de un ingreso, blanqueo de dinero, mafia... "Algo fresquito" fue bebido por el nuevo millonario a sorbos pequeños pero nerviosos, de forma y manera que se lo había acabado en menos de diez minutos. Agitó los hielos, demandante de un segundo "algo fresquito", la anfitriona se hizo la loca, no era cuestión de que cuando llegase el Director del Banco se encontrase a un millonario con uniforme en tonos azules, el llavero con más de cien llaves colgadas de la trabilla del pantalón y una cogorza de campeonato.

Penélope fue a abrir, Pedro Lira era un ser rechoncho metido en un traje azul de prêt-à-porter, Cortefiel o Maximo Dutti con toda seguridad, le sentaba de pena, estos ternos están bien para cuerpos como el de Ulises, metro ochenta y cinco y talla cuarenta y cuatro, así, la espalda ajusta como un guante y la caída de pantalón es perfecta, sin embargo, en el bancario era un trapillo, en fin cada uno es cada uno y no lo que le gustaría ser. Entró sudoroso, excesivamente simpático, patético si cabe, se puso a los pies del conserje, literalmente porque eligió para sentarse, un puff de escay blanco que normalmente se usaba como mesa auxiliar en la terraza, solo y únicamente porque estaba frente al riquísimo portero.

Una hora de peloteo melodramático después, llegamos a la conclusión de que el mundo da muchas vueltas. Benito Ocete había dejado en herencia a su hijo Paco una cartera de clientes que hacían un montante de cuatro millones seiscientos treinta y dos mil euros del ala. No había ningún error, aseguró el bancario:

—Estamos muy orgullosos de que nos eligiera como garante de sus ahorros cuando su cuenta no era tan abultada y esperamos seguir sirviéndole en esta nueva situación, cualquier cosa que necesite, no tiene nada más que decírmelo, aquí tiene mi teléfono privado.

—Gracias —acertó a decir un Paco asustado que por primera vez reaccionaba, asimilando los últimos acontecimientos —alegre y a la vez desubicado sintió que su vida acababa de cambiar y él no tenía nada planeado para esta nueva etapa.
—Tengo que llamar a mi mujer, no sé cómo decírselo.
—Usa el teléfono, o mejor vete a casa, no creo que sea un desastre si te vas ya, yo se lo explicaré a los vecinos.

Es curioso, uno cree que cuando gane la lotería o herede una millonada, saltará de alegría y la felicidad inundará su espíritu, sin embargo, Paco bajó las escaleras en estado de shock, casi de puntillas, de repente su universo había cambiado y su mente necesitaba digerirlo.

Aunque el ciudadano se despierte un día y sea millonario, el ciudadano no deja de ser lo que es, de tener los esquemas mentales que ha aprendido, de apoyarse en los valores en los que siempre ha creído. De tal forma que hay diferentes maneras de acometer esta nueva situación, unos vecinos de la Plaza de Toros fueron premiados hace años con el Cuponazo de la ONCE, cupón más serie, una fortuna para estos incautos acostumbrados a vivir a la "cuarta pregunta", compraron un coche para cada miembro de la unidad familiar, comían todos los días en la Marisquería Antonio de Puerto Banús, se lo bebieron y esnifaron todo y al día de hoy deben más dinero del que les tocó. Otro ejemplo es el de Leonés, un suboficial de marina amigo de Ulises, al que le cayó en herencia por cónyuge, un castillo en la Comunidad Autónoma de Extremadura, desde que se enteró, su pesimista visión lo puso alerta del "marrón" que le había caído encima, gastos de mantenimiento, seguridad, catastro y sin poderlo vender por la situación de crisis en la que se vivía. En fin, que "cada uno es cada uno", con dinero o sin él.

Benito Ocete, padre de Paco Ocete, fue un hombre inquieto, dio toda su vida por la patria, literalmente, fue miembro de la Benemérita y cuando llegó el retiro, estaba en un estado físico inmejorable. Benito no bebía, no fumaba y había caminado muchísimo toda su vida, no siempre la Guardia Civil ha patrullado en Land Rovers. De mayor, cuando se ocupó de temas administrativos en el Cuartelillo de Leganitos, iba y volvía caminando a casa, además en sus ratos libres se buscó un sobresueldo, Benito era el "cobrador de los muertos", así se llamaba al señor que venía a casa con los recibos del seguro de deceso, en aquella época en que no estaba tan extendido domiciliar los pagos en cuenta corriente. En fin, eso era lo que parecía, pero el padre de Paco era un hombre extrovertido y capaz de vender lo que le pusieran y con la puerta abierta del cliente, siempre conseguía extender las pólizas y hacer más seguros de vivienda, de vehículos y últimamente médicos. Era un hombre muy serio, cuando surgía algún siniestro se responsabilizaba personalmente de los partes y los clientes estaban muy satisfechos. De tal manera que, cuando Benito se jubiló con sesenta años, pasó a estar la jornada completa en las calles, cobrando y haciendo un trabajo de prospección y venta al que no daba mayor importancia, pues la verdad es que él se encontraba feliz, salía todos los días con algo que hacer, tenía un dinerito extra, conocía a todo el mundo, lo saludaban y formaba corros en las esquinas, parándose a hablar tranquilamente sin la premura de los horarios fijos. Cuando Benito murió pacíficamente en su orejero de chenilla, gran parte de la población de Marbella acudió en masa a la ceremonias fúnebre, fue un hombre muy querido.

Ni Paco, ni su mujer, ni nadie podían imaginar que la actividad de su padre hubiera cogido esos vuelos, nada en su vida mostraba tamaña "cuentorra bancaria". La mujer, Josefita, la pobre, no se lo podía creer, pero no se quedó atontada como su marido, le dio un ataque de risa y con mente práctica, llamó a la pastelería donde trabajaba más que un reloj por el salario mínimo.

—Mira Maripuri, muchas gracias por la confianza que has depositado en mí pero ahora estoy forrada y necesito tiempo para ir de compras, si alguna vez necesitas algo, cuenta conmigo. —Y se quedó pensando: ¡Que va a ir tu tía!

Se despidió del trabajo y bajó al Mercadona a ver qué marisco podía ir bien con una botella de Tierra Blanca que tenía fichada en el estante detrás de los aceites Hacendado.

—¡Dúchate Paco!, cuando vuelva hablamos del resto de nuestra vida.

Comieron y hablaron, ella quería ir al Caribe, lo del Jaguar le daba igual, no sabía ni de qué coche le estaba hablando, ¿irse del barrio?, le daba pena, con unas vecinas tan buenas. Lo que les apetecía hacer era acostarse a dormir la siesta pero cuando eres millonario no se puede perder el tiempo, al menos esa inquietud los invadía, y salieron a la calle. Visitaron el concesionario, tuvieron que dar el número personal del director del banco porque los comerciales no podían tomar a aquel cliente en serio.

—Sí, sí, lo que pida, mañana mismo hago el talón conformado para que se lo acerquen.

Josefita creyó que ya era el momento de ir a El Corte Inglés, y se perdió por todas las plantas comprando multitud de ropas y accesorios del hogar, pero como no tenía costumbre de comprar las marcas caras, no gastó más de seiscientos euros y lo cargó a la tarjeta del Banco cuya sucursal en la Divina Pastora dirigía Pedro Lira, aún así salió con el sentimiento de haberse pasado.

—Paco, prudencia, "hay que mirar por el cirio que la procesión es muy larga".

Al día siguiente el conserje estaba en el jardín, a las nueve de la mañana y con su uniforme azul. Penélope escuchó la máquina podadora de filos, se asomó y no se lo podía creer.

—¡¿Paco, qué haces trabajando?! —La miró y no supo qué responder. —Anda sube, te pongo un cafelito que aún es temprano para "algo fresquito".

Se sentó junto a Ulises en la terraza, alrededor de la mesa que usaba cual escritorio, lo saludó y no dijo más nada. Cuando llegó Penélope con el café, el anfitrión dejó el trabajo que estaba haciendo y le prestó oídos al atribulado portero.

— ¿Qué te pasa?, alma de cántaro.
—Ulises, estoy como asustado, a mí me gusta mi trabajo y ahora, tengo que dejar de hacerlo porque soy millonario, otra cosa sería ser idiota. —Hablaba con aplomo y un poco de tristeza, Paco no sabía ser millonario. —Se supone que me debo comprar otra casa, aunque yo estoy muy feliz en mi vecindario, cambiar de ambiente, relacionarme con gente finolis y viajar al extranjero, y yo no sé inglés—. Aprovecharon para reírse, él se unió. Fue cuando Penélope tomó la palabra:

—Paco, hijo, si hay algo que los millonarios se pueden permitir es vivir como le apetezca.
— ¿Lo dices en serio?
—Completamente, tú, ¿cómo quieres vivir? —Ahí Penélope sacó sus recursos de coach.
—Pues ahora me gustaría ir despacito y que no hubiese cambios muy bruscos, irme con mi mujer de vacaciones a final mes, cuando me toca, y volver a mis hibiscos de la entrada, a ocuparme de las bombillas, a llamar a los fontaneros, los electricistas y las señoras de la limpieza.
— ¿Y para eso qué tienes que hacer? —Siguió Penélope con la técnica de coaching.
—Pues venir al trabajo cada día, ¡ah!, pero quiero el Jaguar.

— ¿Cuándo te lo vas a comprar?

—Esta tarde voy a llevar la documentación, el director del banco les ha mandado un cheque conformado esta mañana.

— ¿Y algo más que te haga feliz?

—Sí, mi mujer se ha despedido del empleo ese tan mal pagado.

— ¿A ti te parece bien?

—Claro que sí, ella estaba allí "mataíta" y no ganaba "ná". ¡Ah! Y se ha comprado ropita en El Corte Inglés.

— ¿Tienes alguna prisa en tomar otras decisiones?

—No, ninguna. Entonces, Ulises, ¿no crees que sea un idiota por seguir trabajando?

—Me parece más idiota el que hace algo por lo que puedan pensar los demás. Paco que estás en "el taco", puedes trabajar, dejar de hacerlo, no irte, irte, lo que te haga feliz.

—Dame un abrazo, ahora me siento mucho mejor, ya te enseñaré el Jaguar cuando me lo matriculen.

—Hasta luego Paco —lo despidió Penélope. —Espera, mira, he visto una luz fundida en el rellano del segundo.

—En cuanto acabe con el filo del césped la cambio —y se fue con el ruido metálico que le hacían la más de cien llaves colgadas de la cintura.

                      ***

—Espera, espera, Pedro, ¿me estás diciendo que esta carta es en serio?

—Sí Ulises

— ¿Que el pobre Paco tiene que devolver doscientos treinta mil euros?

—Vamos a ver, pero si el error ha sido vuestro.

—Bueno, ha sido un error de anotación pero el uso indebido del dinero lo ha hecho él.

— ¡¿Pero cómo que el uso indebido?!, ¡Si era su dinero, que tú se lo dijiste!, ¿cómo va a hacer un mal uso?, demasiado buen uso ha hecho, ha gastado poquísimo, porque es una persona prudente, si no, ¡se compra un yate!

—Me remito al documento, tiene la cuenta en rojo y tiene que devolver ese dinero que no es suyo. Mejor que nadie sabía él que no era suyo…

—Eres una mala persona, tú le aseguraste que lo era y le hiciste la pelota, ¡en mi casa!

—Pí-pi-pi-pi-pi…

—¡Menudo calzonazos! A este lo están apretando desde arriba y él aprieta hacia abajo.

***

Paco estaba abatido, había recibido una carta certificada del banco demandándole doscientos treinta mil euros, había estado gastando más de lo que había en la cuenta, tendría que devolverlo o le embargarían sus bienes, o sea, la unifamiliar cerca de la estación de autobuses que con tanto esfuerzo había comprado. No lo podía comprender, había llamado al número personal de Pedro Lira, el arrastrado director del banco, pero no se ponía al teléfono, era raro, pues hasta ese momento siempre había recibido solícito sus llamadas.

Decidió telefonear a Ulises, ya que no era horario de bancos. Ahí sí que obtuvo respuesta.

—Mira Paco a estas horas ya no podemos hacer nada, descansa, intenta dormir y mañana temprano te vienes a casa a desayunar y llamamos al director y lo que haga falta, ¿vale?

A la mañana siguiente estaban Paco y Josefita a la puerta de la urbanización a las ocho en punto, no habían llegado antes por no ser maleducados y despertar a nuestros amigos pero el ansia se los comía. Penélope atendió el porterillo y dio la voz de alarma:

—Vienen, Paco y su mujer, los he visto por la cámara.

Se terminaron de vestir y se dirigieron a la cocina a preparar café y un bizcocho que habían horneado la noche anterior, pasas y nueces, con aroma de cáscara de naranja, especialidad de la casa. Se besaron con los visitantes y fueron al lío. Ulises escaneó el documento y luego lo leyó con el Jaws, el lector de pantalla, quería ver exactamente qué ponía en todo él. Y no había dudas, Paco estaba en números rojos y el banco le demandaba que devolviera hasta el último céntimo de euro de su último mes de dispendio. Un viaje al Caribe mexicano, un Jaguar, varias visitas al Centro Comercial y una "pantalla de cristal líquido" de 90 pulgadas para ver el mundial de fútbol con calidad.

— ¡Hora de llamar a Pedro!

Solo sirvió para dejarlos a todos noqueados. Lo que os he contado, que el gusano rastrero del director tiraba balones fuera. Los dividendos de las cuentas de clientes del pobre Benito daban cuatro mil seiscientos euros, no cuatro millones seiscientos mil, y que Paco había hecho un uso indebido de la cuenta sabiendo que era imposible que ese dinero fuese suyo.

— ¿Pero cómo vamos a pagar esto?, nos lo gastamos porque ellos dijeron que era nuestro. Ulises, te lo dijeron a ti, ¡ay! Dios, y yo sin trabajo —Lloriqueó Josefita.

Ni corto ni perezoso Ulises levantó el teléfono y llamó a Héctor Bastián, con el que había coincidido en varias fiestas benéficas de las Mujeres Universitarias. Héctor era uno de los accionistas más importantes del Grupo de abogados Garrigues-Echevarría con sede en Nueva York, Buenos Aires, Londres y Madrid…

***

Estaba en "Los Pacos", una venta de carretera donde en tiempos del boom del ladrillo se daba de comer a más de mil albañiles todos los días, albañiles, ferrallas, fontaneros, carpinteros y todo ese tejido social portentoso que eleva el nivel de un país. Ahora, en tiempos de crisis, podrían jugar al "eeeecccooooo-eeeeecccccooooo" en tamaño salón comedor. En la esquinilla de la barra estaba Paco, delante de él, sobre la madera, un vaso de tubo, tres hielos, una rodajita de limón y Cacique con Cocacola, lo que viene siendo "algo fresquito". Un camarero, ciencuentañero, regordete, brilloso y con poco pelo estaba dándole la réplica.

—¿Cómo van las cosas, Paco?
—Bien, bien, gracias a Dios, todo arreglado.
—Me alegro

Y le contó la última parte de esta historia: "Hubo un juicio, en el que se acusó al banco de originar una serie de daños a Francisco Ocete, ya que un error de ellos había provocado que su mujer dejase el trabajo y que hicieran unos gastos por encima de sus necesidades. En fin que pidieron que se condonara la deuda y recibieran una cantidad por daños y perjuicios. Pero el suplicio no acababa, el banco recurrió al Supremo. Dos años después, el conserje quedó liberado de las deudas, ese Tribunal también les dio la razón. El Banco debía pagar todos los gastos, los abogados también –tela marinera –, condonar la deuda –toma castaña –, indemnizar a la mujer por haber sido llevada a dejar su empleo –chúpate esa –, y a pedir una disculpa por escrito al damnificado, – ¡ja!

—Ulises y su mujer fueron al juicio de testigos, ¡qué buena gente!
—Apostilló mientras saboreaba "algo fresquito".

Terminó, pagó, salió y lo encontró hecho el rey en el parking desértico, brillaba con luz propia, su Jaguar verde, abrió suavemente la pesada puerta, aposentó su trasera en los confortables asientos de cuero, puso su mano izquierda sobre el volante de madera, la derecha en el contacto, lo hizo rugir como solo rugen los leones seguros de sí mismos, sin aspavientos, sin "ferrariadas" y se fue a recoger a su hembra que terminaba jornada en la taquilla del club de golf.

***

Precisamente, en el club de golf estaba Ulises, daba gusto pasar el atardecer en tan buena compañía, Penélope, el Marmolero, Manolo Suárez, Ricardo Espinosa de los Monteros, Doña Sagrario, Marta Doménec y sus compañeras de tertulia y algún poeta o intelectual variopinto… Al fondo en el mostrador previo a los vestuarios estaba Josefita, Fita desde que empezó a trabajar allí, contrato de ocho horas, aunque algunas veces salía un poco más tarde, siempre hay rezagados en el vestuario, con contrato de ocho horas, sí, y cobrando según su categoría, aunque, Ulises sospechaba que de propinas se sacaba un buen pico. Era lista, limpia y organizada, había aprendido en alemán, inglés y ruso, lo más necesario para su trabajo y día a día su manejo del puesto era más sobresaliente. Fue a la peluquería y se oscureció aquel pelo frito que mostraba en su época premillonaria y millonaria, llevaba el uniforme del club, bermudas, polito femenino con logotipo y una visera que con sus pendientes de perlas medianitas le daban un aspecto bastante sofisticado a la par que informal.

Todos pudieron observar, menos Ulises, cómo Bartolomé de la Casa se acercó dirigente al grupo, se sentó con ellos.

—¿Tienes mala cara Bartolo que te pasa? —Preguntó Doña Sagrario
—Vengo más cabreado que un adolescente.
—¿Y?
—La compañía de móviles, que me ha facturado cuatro mil quinientos euros —todos pensaron que esa cifra les era familiar.
— ¡Guau! — Exclamaron a coro.

Bartolomé estaba forrado, se jubiló para ser rentista, pero en sus tiempos amasó una fortuna vendiendo las tierras de su familia en parcelas que de la noche a la mañana valían un costillar, por obra y gracia del nuevo Plan Urbanístico de la época y de algunos políticos que tenía de forma estratégica enriquecidos a base de comisiones. Bartolo tenía una cuenta corriente que no se la saltaba un podenco y además, le iba a durar más que un martillo metido en manteca, el tío no gastaba ni un duro, vestía de pardos y era insoportable verle los pies con esas sandalias con calcetines. En fin que era de la cofradía del puño cerrado. Siempre que hacían algún acto para recaudar fondos desaparecía varios días para no contribuir…

— ¿Tienes la factura? —Cuestionó Ulises.
—Sí, mañana voy a llamar a la compañía y luego, como no me lo arreglen me voy a la oficina del consumidor o les meto un paquete.
—Mira la relación de llamadas, ¿Hay algo anormal?
—Claro que hay algo anormal, hay cientos de mensajes a un número que yo no he usado.
— ¿Qué número es?
—El veintiocho, cero, noventa y dos…
—Gracias por tu solidaridad, Bartolo. Tu dinero será bien invertido— dijo Penélope.
—Pero, pero si yo no he donado nada.
—Tú no, pero alguien lo ha hecho desde tu teléfono. ¿Tus nietos no han estado aquí recientemente?
—Sí, pero, pero, pero no creo que hayan sido capaces.
—Tienes que estar contento Bartolo, tus nietos tienen muy buenos sentimientos. El dinero está en Filipinas.
— ¿Cómo lo sabes?

—"Cruz Roja, emergencia en Filipinas si quiere colaborar mande un SMS con la palabra AYUDA al 28092" —dijo cantarina la voz de Penélope y todos rieron, haciendo como que el objeto de las carcajadas era la broma de ella, pero en el fondo se estaban partiendo de risa porque por fin Bartolomé de la Casa había aflojado el bolsillo.

Amo el Arte contemporáneo, el Arte.

<u>Hasta Segundo de BUP</u>

"…Estudió cinco años en Beaux-Arts de Paris. Depuró varias técnicas, copió, creó, innovó y llegado al cénit de su carrera artística nos presenta su última gran obra, exponente del Arte Contemporáneo..."

—Cuidado que la pisas.

— ¿Manolo eso es…?

—Sí Carmen, una toalla almidonada.

— ¿Eso es arte?

—Sí, pero como nosotros no hemos estudiado en París no somos capaces de reconocerlo.

—Ah, vale.

"No me llame Manolo, llámeme Lola"

A Francis Guzmán,
por su tolerancia, en La Polaca,
en su casa, cabe todo el mundo

.

Aquel día prescindió de falda y tacones, se calzó unos zapatos de deporte, encajó la pistola en la trasera de la cinturilla del pantalón del chandal, ajustada allá, en las profundidades de la ropa interior y guardó la media en el bolsillo, seguro de que después de ese momento todo sería distinto, como así fue.

***

Por aquel tiempo yo trabajaba como directora de una clínica estética en Cádiz, atendía a los pacientes en su primera visita, los oía, los asesoraba y les presupuestaba según las posibilidades médicas reales. Y es que muchas personas no están a gusto con su cuerpo o eso creen. Sin embargo, lo que no están de acuerdo es con su vida, no se gustan ni se quieren, respetan más a otros que a sí mismos. En estos negocios se admite a los que serenamente han decidido cambiar algo en su cuerpo, con la convicción de gustarse más, y a los que creen que su vida cambiará porque usen dos tallas más de sujetador. No olvidemos que la cirugía estética es un negocio.

La auxiliar llamó a la puerta de mi despacho, una maravilla del edificio "El Fenix" en el centro de Cádiz, con un balcón abierto al puerto desde el que se veían llegar y partir barcos cargados de mercancías, ocios y esperanzas:

—Dime Charo.

—No te puedes imaginar el ejemplar que acaba de llegar.

— ¿Y eso?

—Es un travesti de más de metro ochenta siliconado.

—Vale, dile al médico que esté preparado para asesorarme, yo no tengo experiencia con esta especialidad.

—Ahora lo llamo, está en quirófano con un peeling de glicólico.

—Cuando acabe, no hay prisas, me llevará un rato.

—Ok.

Me afané en organizar la mesa. Tenía desperdigados los informes de actividad de la clínica en mi rutinario y odioso quehacer burocrático y contable.

— ¿Se puede?

—Sí, pasa Charo.

—Este paciente es Manolo Escudier.

—Buenos días, pase y siéntese por favor.

—Gracias, avísame cuando el doctor acabe en quirófano —dije a la auxiliar.

Ante mí tenía a un ser entrañablemente patético, grande y robusto, con brazos masculinos y pechos femeninos. Llevaba minifalda y tacones lo que hacía que sus cuádriceps y gemelos llamaran la atención. Su musculatura era propia del Discóbolo de Mirón, sus labios engrosados estaban pintados en rojo "femme fatale" y lucía un escaso pelo permanentado y tintado de un color amarillo-pollo. Su aspecto me dejó impresionada aunque me esforcé por ser profesional y sobre todo por tratarla con el máximo respeto y consideración.

Le sonreí buscando esa empatía tan adecuada para iniciar las preguntas personales que conforman un historial, me perturbaba un poco el olor a gas que despedía su aliento. Enseguida me espetó:

—No me llame Manolo llámeme Lola.

—De acuerdo Lola, como más le guste. Y lo puse en letra mayúscula en la cabecera del informe.

Había nacido en Chiclana en una familia dedicada al cultivo de la huerta, el cuidado de gallinas y otros pequeños animales de granja. Su padre era un hombre chapado a la antigua y con poco mundo, se le hizo insufrible ese niño amanerado y pensó que esa manía se le pasaría a base de palos, igual que los caballos atienden a sus amos por medio de espuelas, bocados y serretas, cambio de actitud por el dolor físico, la humillación psicológica, el aislamiento familiar, la falta de consideración y cariño. Su madre también "cobraba" si se compadecía de Manolito y lo trataba con delicadeza.

—El niño se está amariconando por tu culpa. Todo el día pegado a tu falda como una niña. ¡Como lo vuelva a ver en la cocina os abro la cabeza a los dos!

La pobre mujer sufría pero comprendió que cuanto más amparara a su hijo más golpes se llevarían ambos, así que casi no lo miraba, lo echaba de su lado, solo de vez en cuando, se metía alguna galleta o golosina en el delantal y al pasar por su lado se la daba, inquieta y furtiva.

Sus hermanos se avergonzaban de él, solo su hermana Maruja lo consolaba, se había atribuido el rol de madre y lo sentaba en sus rodillas, acariciándolo cuando se sabía libre de las miradas ajenas. En el colegio era aún peor, los demás niños hacían burla de él, le tiraban piedras, no lo tocaban por miedo a contagiarse y los maestros no tenían poder para parar ese acoso permitido socialmente, el soniquete era perpetuo:

— ¡Mariquita, mariquita, mariquita….!

En esa época no había distinción social entre homosexual y transexual, pero él no es que estuviera interesado en otros niños, es que él quería ser una niña, quería vestir de niña, caminar como las mujeres, compartir confidencias con ellas, tener tetas y sobre todo librarse de ese apéndice ajeno que tenía parasitariamente entre las piernas.

Cuando cumplió dieciséis años se escapó de casa, creyendo que su desgracia la dejaría atrás, en la huerta, debajo de la gorra polvorienta y sudada de su padre. Con el dinero que pudo rapiñar de los bolsillos de toda su familia, se montó en un autobús que lo llevó a Algeciras y de ahí, sin descansar y comiendo lo que había podido coger de su casa en el último momento, subió a un ALSA que lo dejó un día después en la Estación de Sants.

***

Quería hacerse una mamoplastia de aumento, sin embargo, yo había apreciado que ella tenía pechos. Me explicó que cuando llegó a Barcelona, se dirigió al Raval, barrio conocido por la concentración de personas de todas las sexualidades. Tan jovencito e incauto, fue presa de desaprensivos que le enseñaron a prostituirse aprovechándose de lo que ganaba. La primera vez fue una tragedia: le hicieron mucho daño, un señoritingo que lo trató con saña y le pagó tirándole las cien pesetas al suelo. Lloró desconsolado preguntando a Dios por qué le había mandado ese castigo. Se fue a vivir con una transexual insensatamente obsesionada con ser mujer, le enseñó la ruta de los estrógenos, que ella misma se pinchaba. También le presentó a la peluquera que inyectaba la silicona líquida para remodelar caderas y pechos. La Raquel, que así se llamaba esta equívoca compañera, amaneció un día muerta, desangrada, en pleno delirio de drogas y alcohol se había cortado el pene…

Llegados a ese punto agradecía a los dioses que Fernando, el médico, hubiera acabado en el quirófano. La exploración fue digna de una película de terror. La silicona enquistada y dura formaba parte de la estructura, eso sumado al desarrollo de las glándulas mamarias, causada por los estrógenos hacían un pecho irreparable. De todas formas le pedimos que fuese a un ginecólogo y se hiciese una mamografía para ver qué había realmente dentro de esos dos bultos asimétricos y aterradores. Le pedí que regresara en cuanto tuviera las pruebas y por supuesto, no le cobramos.

Me fui a casa muy afectada, mientras conducía mi Opel Kadet 1.6

por la autovía a San Fernando no pude concentrarme en la belleza de la playa de Cortadura, en las vistas de la Bahía a mi izquierda, al paso del tren con el que coincidía a menudo en la Curva de Torregorda, ni la ventana abierta y el salitre consiguieron sacarme de esa sensación de infortunio sórdido, de dolor, de esa persona apaleada por el destino. Desde el momento en que la vida la sometió a la prueba de nacer en un cuerpo que no reconocía, que le daba asco, solo pensaba en hacer desaparecer su masculinidad, qué mundo más duro, ¿qué puede haber hecho una persona para merecer esto?, nada, era un niño y ya tenía ese castigo encima, destinado a una existencia de humillaciones, de dolores físicos, de autoestima, ¿autoestima?, bufff. No conseguía ver la carretera, a la altura de Rio Arillo tuve que parar el coche, tenía los ojos inundados de lágrimas.

Di gracias a Dios por no haberme hecho pasar por esa prueba y le pregunté si no era ya suficiente, si Lola, no había sufrido ya más de lo que se podía aguantar. Fui una simple, no me había enterado ni de la mitad…

Me la encontré en la puerta de la clínica al lunes siguiente, a las nueve menos diez, aún no habíamos abierto, la hice pasar y le dije que tendría que aguardar un poco pero que enseguida la pasaría al despacho. Esperaba que llegara el cirujano, quería su opinión, ¿se podría trabajar en esas circunstancias? No, la mamografía lo reflejó, la silicona líquida no se podía extirpar, estaba integrada en tejidos internos, en los pezones, llegando incluso a las costillas.

Lola me miró perpleja:

— ¿Quiere decir que no me puede arreglar el pecho?
—Lo siento mucho, sí —dijo el cirujano.
Me quedé a solas con ella, me senté a su lado, le puse la mano en el hombro, respingó, había sido una persona muy maltratada, la miré con dulzura y le insté a hablarme.
— ¿Tenías mucha ilusión, verdad?

—No te puedes hacer una idea, hace dos semanas que salí de la cárcel.

Nuevamente me dejó fría, como pude me recompuse y volví a ponerle la mano en el hombro, esta vez me la aceptó. En Barcelona no había ahorrado nada, la prostitución le daba para pagar su alquiler y esa vida perruna de sustancias psicotrópicas para poder soportarlo. Había tenido un novio, un listo que la usó, de la que vivió y a la que robó, dejándola destrozada en un estado calamitoso, sin comer, sin levantarse, hasta que el casero vino a pedir el alquiler y tuvo que lanzarse a hacer la calle de nuevo.

Un día estaba escuchando el telediario y vio la noticia del atraco a un banco. La desesperación de no tener otro horizonte la llevó a ver un poco de luz y a decidirse a atracar el Banco de Sabadell en Poble Nou. Un yonki del barrio le dejó una pistola a cambio de dos gramos de "caballo". Le hizo el puente a un 127 que encontró aparcado en el Parque de la Diagonal y se dirigió a la oficina bancaria que creyó con escapatoria más fácil. Pero, ni era ladrona, ni sabía nada de sistemas de seguridad, ni de alarmas conectadas con la policía, ni de botones que se aprietan sin que el atracador se dé cuenta.

Le dieron todo lo que había en la caja del Banco, doscientas cuarenta mil pesetas, las metió en una bolsa de deporte de Los Ángeles 84. Cuando montó en el coche ya se oían las sirenas de la policía que venía a por ella. Condujo a toda velocidad hasta el Cementerio del Este, parecía que les había dado esquinazo, tuvo una premonición y paró junto a la tapia, la saltó y escondió la bolsa bajo la lápida de la familia Climent. Volvió a saltar la tapia y dirigió el 127 hacia la costa, a la altura del espigón de Mar Bella escuchó de nuevo las sirenas, lo habían localizado de nuevo, tiró la pistola al mar pero lo cogieron, tampoco había que ser un gran detective, su físico lo delataba, un hombre con tetas, alto, con un chándal azul de mercadillo y ese coche robado.

Lo trasladaron al Puerto II, allí comprobó que todo lo que mostraban las películas carcelarias era verdad. Pero insensible y acostumbrado a la indignidad sexual, lo soportaba todo, todo menos que lo hicieran vestir de hombre, por ahí no pasaba, así que le requisaban las ropas y él volvía a hacérselas, con la toalla, con sábanas, sus piernas siempre al aire. Era capaz de tolerar cualquier vejación con tal de que le pasaran una barra de labios, luego las escondía en rincones fuera de su celda. Su hermana Maruja fue a verlo y no lo reconoció, lloró mucho y volvió a envolverlo con su ala afectuosa. Ella era lo mejor que sucedía allí dentro y sucedía una vez al mes. Así pasaron los cinco años íntegros a los que fue condenado por robo con arma y el agravante de no haber aparecido el dinero, ni un día de reducción de condena por su fijación en no cumplir las normas y "disfrazarse" de mujer.

Tuve ante mí a un ser aporreado por todo el mundo, como un saco de boxeador. La tarde que salió de prisión vendió de nuevo su cuerpo y su alma, necesitaba dinero para llegar a Barcelona. Tuvo una gran alegría, cuando comprobó que ningún Climent había muerto en los últimos cinco años, rescató la bolsa de deportes Los Angeles 84 y decidió volver a sus orígenes, alquiló una casita de campo, casi una cabaña de enseres en el Colorado, entre Chiclana y Conil. Cada día salía a la carretera a buscar clientes, yo la llegué a ver junto a una señal de tráfico de curva a la derecha, al sol. Recordé su aliento a gas.

www.ingramcontent.com/pod-product-compliance
Lightning Source LLC
Chambersburg PA
CBHW031109260626
47172CB00001B/288